KB209126

# 독일인의 사랑

# 독일인의 사랑

막스 뮐러 지음 | 김시오 역

한비미디어

## □ 책머리에

살아가는 동안, 지금은 지하에 잠들어 있는 이가 바로 얼마 전까지 쓰던 책상 앞에 앉아 본 경험을 해보지 않은 사람이 어디 있을까? 또 오랜 세월이 지나서, 지금은 묘지의 평안 속에서 쉬고 있는 한 인간의 가슴속에 간직되어 있는 성스러운 비밀들이 담겨져 있던 서랍을 열어보는 경험을 해보지 않은 사람이 어디 있을까?

책상 서랍에는 그가 사랑하는 이가 무척이나 소중히 여겼던 편지들이 들어 있다. 사진이며 리본들 그리고 페이지마다 여러 가지가 표시되어 있는 책들도 함께…….

이제 누가 그것들을 읽고 설명할 수 있을까? 빛이 바래서 뿔뿔이 흩어져 있는 이 장미 꽃잎을 누가 다시 모아서 원래처럼 맞출 것이며, 본래의 향기가 나도록 되돌릴 수 있을까?

옛 그리스인들이 고인(故人)의 시신들을 화장시키기 위해 에워쌌던 불꽃들, 옛 선인들이 더없이 귀하게 여겼던 것들을 모조리 집어던졌던 불꽃들……. 지금도 이 불꽃들은 이처럼 성스러운 유물들이 돌아갈 가장 안전한 안식처가 되고 있다.

이곳에 남은 친구들은 지금은 영원히 감겨진 그 눈 외에는 결코 아무도 들여다본 적이 없는 메모들과 서류 묶음을 머뭇거리면서 읽는다. 그리고 메모들과 편지들을 건성으로 훑어보고는 별로 중요한 것이 없다고 판단되면, 활활 타오르는 불 위에다 주섬주섬 던져버린다. 그리하여 그 서류들은 다시 한번 불꽃이 되어 타올랐다가 이 세상에서 영원히 사라지고 마는 것이다!

여기에 소개하는 몇몇 글들은 그러한 불길에 던져지기 전에 구해진 것들이다. 이 글들은 처음에는 고인의 친구들 사이에서만 읽혀졌지만, 얼마 지나지 않아 그를 모르는 사람들 중에서도 읽는 사람들이 생겨나게 되었다. 그렇다면 더 많은 사람들을 위해 세상에 널리 소개하는 것이 좋겠다는 생각이 들었다.

그러나 메모나 편지들이 너무나 많이 찢겨지고 파손되어, 다시 원상으로 정리하여 묶을 수 없는 것이 너무나 안타까웠다. 다만 이 책을 엮은 사람으로서 되도록 많은 내용을 싣고자 했음을 밝히면서, 독자 여러분의 양해를 구한다.

1866년 1월 옥스포드에서

F. 막스 뮐러

# 차 례

# 첫 번째 회상

어린 시절은 누구나 그 나름의 비밀과 경이로움을 갖고 있다. 하지만 누가 그것들을 이야기할 수 있으며, 누가 그것들을 제대로 설명할 수 있을까.

우리는 누구나 어린 시절이라는 이 고요한 경이의 숲을 지나왔다. 그때 우리는 모든 감각이 마비될 정도의 행복감으로 충만한 마비 상태에서 눈을 떴으며, 삶의 아름다운 현실이 조수처럼 밀려와서 우리의 영혼 위로 넘쳐흐르곤 했다.

그때는 우리는 우리 자신이 어디에 있는지, 우리가 과연 누구인지조차도 몰랐었다. 이 세상이 모두 우리의 것이었으며, 우리 또한 이 세상에 속해 있었다. 그것은 일종의 영원한 삶이었다. 시작도 끝도 없는, 막힘도 고통도 없는…….

우리의 마음속은 봄 하늘처럼 맑았고, 제비꽃 향기처럼 신선했다. 일요일 아침처럼 고요하고 성스러웠었다.

그런데 무엇이 나타나, 천국과 같은 이러한 어린 시절의 평화를 깨뜨리는 것일까? 어찌하여 때 묻지 않은 이 천진한 생활이 종말을 고할 수밖에 없는 것일까? 무엇이 우리를 이러한 완전한 조화와 보편성이 지닌 행복으로부터 갑자기 어두운 삶의 고독과 적막 속으로 몰아넣는 것일까?

엄숙한 표정을 지으며, 그건 죄 때문이라고 말하지는 말라! 어린이가 어떻게 벌써 죄를 지을 수 있단 말인가. 차라리 우리는 그것을 알 수 없으며, 주어진 대로 받아들여야만 한다고 말하라.

꽃봉오리를 꽃으로 피우고, 꽃을 열매가 맺도록 하며, 열매를 티끌로 돌아가게 하는 주체가 죄악이란 말인가? 애벌레를 번데기로 만들고, 번데기를 나비로 깨어나게 하며, 나비를 티끌로 돌아가게 하는 주체가 죄악이란 말인가? 또한 어린애를 어른이 되게 하고, 어른을 백발의 노인으로 만들며, 백발의 노인을 티끌로 돌아가게 하는 주체가 죄악이란 말인가? 도대체 티끌이란 무엇인가?

차라리 우리는 그것을 모르겠다고 대답하고, 겸허한 마음으로 받아들이는 편이 나을 것이다.

하지만 인생의 봄날을 돌아보며, 그 시절을 다시 떠올리고 추억하는 것은 참으로 아름다운 일이다. 사람이 살다 보면 무더운 여름날에도, 쓸쓸한 가을날에도, 또 추운 겨울날에도 더러는 봄날이 찾아오지 않는가. 그러면 심장은 '오늘은 마치 봄날 같은 기분이 드는군.' 하고 속삭인다.

오늘이 바로 그런 날이다. 그리하여 나는 싱그러운 숲 속의 부드러운 이끼 위에 누워 무거운 팔다리를 한껏 뻗고, 초록빛 나뭇잎들 사이로 끝없이 펼쳐진 푸른 하늘을 올려다본다. 그리고 '어릴 적엔 어땠었지?' 하고 생각해 보지만, 모든 것은 잊혀진 듯 떠오르는 것이 없다.

기억의 처음 몇 페이지는 마치 집안에 있는 낡은 성경책과 같아서, 앞부분의 몇 장은 완전히 빛이 바랬거나 닳아져서 너덜너덜하기 일쑤다. 계속 몇 장을 넘기다 보면 아담과 이브가 낙원에서 추방되는 대목에 이르는데, 이쯤에서부터는 온전하게 읽을 수 있을 만큼 페이지가 깨끗해진다. 거기에 발행처와 발행일이 적힌 판권이라도 붙어 있으면 좋겠는데 그것은 눈에 띄지 않고,

그 대신 멀쩡한 사본 한 장이 발견된다. 그것은 우리의 세례 증서인데, 거기에는 우리가 태어난 날짜와 우리의 양친과 대부모의 이름이 적혀 있다. 따라서 우리는 우리 스스로를 '발행처도 발행일도 없는' 책으로 간주하지는 않게 된다.

그렇지만 발단은 — 발단이라는 것이 애당초 없었더라면 좋았을 것을……. 왜냐하면 발단을 따지게 되면 모든 생각과 기억이 그 발단 지점에서 멈춰 버리고 말기 때문이다. 우리가 어린 시절로 거슬러 올라가 무한한 과거로 달려가다 보면, 그 심술궂은 발단이란 녀석은 점점 멀리 도망쳐버리기 때문에 우리의 상념이 아무리 뒤쫓아 가도 결코 그것을 따라잡을 수가 없다.

그것은 마치 하늘과 땅이 맞닿은 지평선을 향해 아무리 달려가도, 하늘은 자꾸만 앞장서 달아나 여전히 땅과 맞닿아 있는 것과 비슷하다. 결국 아이는 결코 그곳까지 도달하지 못하고 지치고 마는 것이다.

우리가 한 번쯤 그곳까지 거슬러 올라갔다 해도 — 언젠가 우리의 존재가 시작되었던 때에 도달했다 해도 — 대체 거기서 무엇을 알 수 있을까? 지금까지 남아 있는 기억은 무엇일까? 그 기억은 파도에 휩쓸렸다가 빠져나와서 물이 흐르는 눈을 제대로 뜨지도 못한 채 온몸을 덜덜 떠는 푸들처럼 우스꽝스러울 수밖에 없는 것이다.

하지만 내가 맨 처음 별을 보았을 때의 일은 기억할 수 있을 것 같다. 어쩌면 별들은 오래 전부터 나를 내려다보고 있었을지 모른다.

어느 날 밤, 나는 어머니의 품에 안겨 있음에도 불구하고 날씨가 싸늘하게 느껴졌었다. 몸이 몹시 떨리면서 오한이 일어났다. 그것은 두려움이었는지도 모른다. 아무튼 잠시 동안 조그마한 나의 자아로 하여금 보통 때와는 달리 나 자신에게 더욱 주의를 기울이게 하는 무엇인가가 내 마음속에서 꿈틀거렸다.

그때 어머니는 나에게 빛나는 별들을 가리켜 보였다. 나는 신비스러운 모습에 어쩔 줄 몰라 하면서, 저렇게 아름다운 별들을 어머니가 만들어 놓은 것이라고 생각했다. 그러자 다시금 따스함을 느꼈고, 이내 잠이 들었던 것 같다.

그리고 또 나는 언젠가 풀밭에 누워 있었던 일을 기억한다. 내 주위의 만물이 흔들리면서 고갯짓을 하기도 하고, 윙윙 소리를 내며 빙빙 돌고 있었다. 그때 발이 여럿 달리고 날개가 있는 한 떼의 작은 벌레들이 무리 지어 날아와서 나의 이마와 눈 위에 앉으며 '안녕?' 하고 인사를 했다. 하지만 곧 눈이 너무나 아파서 나는 어머니를 소리쳐 부르지 않을 수 없었다.

이내 어머니가 달려와서 '아이구, 가엾어라. 모기한테 물렸구나!' 하고 말했다. 나는 눈을 뜰 수가 없어서 푸른 하늘을 더 이상 볼 수도 없었다. 그때 어머니는 신선한 제비꽃 한 다발을 들고 있었는데, 그 보랏빛 꽃 속에서 풍겨 나오는 신선한 향내가 내 머리 속까지 스며드는 듯한 느낌이 들었다.

지금도 난 봄철에 피어난 제비꽃을 보게 되면, 그때 일이 떠올라서 가만히 눈을 감곤 한다. 그래야만 그 옛날의 푸른 하늘이 다시금 내 마음속에서 솟아오를 것 같은 느낌이 들기 때문이다.

그 다음으로 떠오르는 것은, 하나의 새로운 세계가 내게 다가왔던 일이다. 그 세계는 별들의 세계나 제비꽃 향기보다도 더 아름다운 것이었다. 그것은 어느 부활절 아침에 있었던 일이다.

어머니는 아침 일찍부터 나를 깨우셨다. 창문 밖으로 오래된 교회*가 보였다. 그 교회는 그다지 아름답지는 않았지만 높은 지붕과 탑이 있었다. 그리고 탑 꼭대기에는 금빛으로 반짝이는 십자가가 달려 있었는데, 다른 건물들보다 훨씬 오래되어 낡고 우중충해 보였다.

한 번은 그 안에 누가 살고 있는지 궁금해져서 쇠창살로 된 문틈 사이로 들여다봤다. 그 안은 텅 비어 있었고, 썰렁한 것이 춥기만 했다. 건물 안에 사람의 그림자도 보이지 않아서인지, 그 문을 지나칠 때마다 오싹 소름이 끼치곤 했다.

그런데 그 부활절 아침에는 새벽부터 내리던 비가 개고 나자

★ 막스 뮐러는 어린 시절 아버지가 돌아가셔서, 외갓집에서 살았다. 외갓집은 중부 독일의 소공국(小公國)의 수도인 안하르트 데 사우에 있었고, 그곳은 인구 1만 남짓한 도시였다. 그가 어린 시절을 보낸 집은 그 도시의 요하네 교회 곁에 있었다.

이내 찬란한 태양이 떠올랐다. 그러자 해묵은 교회의 잿빛 슬레이트 지붕과 높은 창문 그리고 금빛 십자가가 달린 탑이 경이로운 빛에 싸여 반짝거렸다. 또한 높은 창문에서 햇빛이 물밀듯이 쏟아져 들어오며 출렁이기 시작했다. 그 빛이 얼마나 눈부신지 눈을 똑바로 뜨고 쳐다볼 수 없을 정도였다.

그래서 내가 가만히 눈을 감자, 그 빛이 나의 영혼 속으로 파고들며 저 깊은 곳에서 빛과 향기를 뿜으면서 노래하는 것만 같았다. 그때 내 안에서 새로운 한 생명이 시작되는 듯한 느낌이 드는가 싶더니 마치 내가 딴 사람이 된 것 같은 기분이 들었다. 어머니에게 그것이 무엇이냐고 물었더니, 어머니는 교회에서 부르는 부활절 송가라고 말씀하셨다.

그 당시 내 영혼을 파고들었던 그 맑고 성스러운 노래가 무슨 노래였는지는 지금도 알지 못한다. 아마도 그것은 루터의 경직된 영혼까지도 종종 적셔 주었던 오래된 찬송가의 하나가 아니었을까. 그 이후 나는 두 번 다시 그 노래를 듣지 못했다.

하지만 지금까지도 베토벤의 아다지오나 마르첼로*의 송가 또는 헨델의 합창곡을 들을 때면, 심지어는 스코틀랜드 고원이나 티롤 지방에서 소박한 민요를 들을 때면 마치 저 높은 교회의

★ Benedetto Marcello(1686~1739) : 이탈리아 베니스 태생의 당대 최대의 교회 송가 작곡가

창문이 또다시 반짝이고, 오르간 소리가 내 영혼 속으로 울려 퍼져서 새로운 세계 — 별이 반짝이는 하늘이나 제비꽃 향기보다도 더 아름다운 세계 — 가 펼쳐지는 것 같은 느낌이 들곤 한다.

이것들은 내가 기억하고 있는 나의 아주 어렸던 시절들이다. 그 사이로 간간이 자애로운 어머니의 얼굴과 인자하면서도 엄격한 아버지의 눈길이 떠오르면서, 정원의 포도덩굴과 부드러운 푸른 잔디와 낡고 소중한 그림책들이 어른거린다. 이것들이 빛바랜 기억이 첫 페이지에서 그나마 읽어낼 수 있는 전부이다.

그 다음 페이지부터는 갈수록 뚜렷하고 선명해진다. 온갖 이름들과 모습들이 떠오른다. 아버지와 어머니뿐만 아니라 형제와 자매들, 친구와 선생님들 그리고 수많은 이웃사람들……. 아, 그렇다. '이웃사람들'에 관한 수많은 일들이 회상 속에 기록되어 있다.

# 두 번째 회상

우리 집 근처, 그 금빛 십자가가 달린 오래된 교회 맞은편으로 커다란 건물이 한 채 서 있었다. 그 건물은 교회보다 높을 뿐 아니라 수많은 탑들이 솟아 있었다. 탑들이 우중충한 잿빛을 띠고 있어 이 건물도 오래된 것처럼 보였다.

하지만 그 탑 꼭대기에는 금빛 십자가가 달려 있지 않은 대신 돌로 만들어진 독수리가 앉아 있고, 높다란 대문 위로 솟아 있는 가장 높은 탑 위에는 흰색과 푸른색으로 물들인 깃발이 하나 펄럭이고 있었다. 대문은 계단으로 되어 있었으며, 문 양쪽에는 말을 탄 파수병들이 보초를 서고 있었다.

이 건물에는 수없이 많은 창문이 있었으며, 창문 안쪽으론 금색 술이 달린 붉은 비단 커튼이 늘어뜨려져 있었다. 앞뜰에는 늙은 보리수나무가 빙 둘러 서 있었는데, 여름이면 회색 성벽에 그 푸른 잎으로 그늘을 만들었으며 향기로운 흰 꽃을 잔디 위에 뿌려 놓곤 했다.

나는 가끔 그 집안을 들여다보곤 했다. 보리수 향기가 풍겨 나오고, 창문에 등불이 켜지는 저녁때가 되면 수많은 사람들이 어른거리는 모습이 그림자처럼 보였기 때문이다.

음악소리가 위층으로부터 울려 나왔고, 마차를 타고 온 수많은 남녀들이 급히 계단을 올라갔다. 그들은 한결같이 근사하고 아름다워 보였다. 남자들은 가슴에 별 모양의 훈장을 달고 있었고, 여자들은 머리에 싱싱한 꽃을 꽂고 있었다.

그럴 때면, 가끔 나는 '나는 왜 저 안에 들어갈 수 없을까?' 하고 생각하곤 했다.

어느 날, 아버지가 나의 손을 잡으며 말씀하셨다.

"오늘은 저 성에 가자. 그렇지만 후작 부인을 뵈올 때는 예절 바르게 행동해야 한다. 또 그분의 손에 키스해 드려야 하는 거야."

나는 그때 여섯 살쯤 되었을 것이다. 나는 여섯 살 먹은 아이가 가질 수 있는 최대의 기쁨을 느끼면서 어쩔 줄 몰라 했다. 이미 나는 오래 전부터, 저녁이면 불이 켜진 창문에 비치곤 하던 그림자에 대해 마음속으로 수없이 많은 상상을 했었다. 뿐만 아니라 집안에서도 후작과 후작 부인의 훌륭한 인품에 대해 여러 차례 얘기를 들었던 바 있었다.

몹시 자비롭고 따뜻한 마음을 가진 그들이 가난하고 병든 사람들에게 도움을 주고 위로가 되어 준다는 얘기를 들은 적도

있었고, 착한 사람들을 지켜주고 나쁜 사람들을 벌하기 위해 처음부터 하느님의 선택을 받은 사람이라는 얘기를 들은 적도 여러 번 있었다.

성안에서 일어날 만한 모든 일을 이미 오래 전부터 머리 속에 그려왔기 때문인지, 후작과 후작 부인은 호두까기 인형이나 납으로 만들어진 장난감 병정처럼 무척 친숙하게 느껴졌다.

아버지를 따라 높은 층계를 올라갈 때 나의 가슴은 쿵쿵거리며 몹시 뛰었다. 아버지가 내게 다시 한번 후작 부인께는 '비(妃) 전하', 후작께는 '전하'라고 불러야 한다고 설명하고 있는 동안 문이 활짝 열리더니 반짝이는 눈을 가진 아름다운 부인이 내 앞에 나타났다. 그 부인은 내게 다가와 손을 내밀려는 것처럼 보였다. 부인의 얼굴에는 — 내가 오래 전부터 알고 있는 — 어떤 표정이 깃들여 있었으며, 희미하게 지어 보이는 미소가 볼에 살짝 피어올랐다.

그러자 나는 가만히 있을 수가 없었다. 그리하여 무슨 영문인지는 모르나 아버지가 아직 문 앞에 선 채 머리를 수그리고 있는 동안에, 나는 가슴이 터질 것 같은 기분을 추스르지 못하고 다짜고짜 그 아름다운 부인에게로 달려갔다. 그리고는 목에 매달리며 마치 어머니에게 하듯이 키스를 했다. 그러자 키가 크고 아름다운 부인은 내 키스를 기꺼이 받아들이면서, 나의 머리를 쓰다듬어 주며 웃어 보였다.

그런데 아버지가 다가와서 내 손목을 잡아끌어 부인으로부터 떼어놓고는, 버릇없이 굴었다고 야단을 치며 다시는 이곳에 데려오지 않겠다고 말했다. 나는 머리 속이 혼란해지면서 순간 얼굴이 달아올랐다. 아무래도 아버지의 처사가 부당하다는 느낌이 들었기 때문이다.

나는 후작 부인이 뭐라고 한마디 거들어줄 것이라는 기대감을 갖고 그녀를 바라보았다. 하지만 부인의 얼굴에는 부드러우면서도 선뜻 다가서기 어려운 엄한 표정만 담겨 있었다.

그래서 이번에는 방 안에 있는 다른 신사 숙녀들 쪽을 둘러보면서, 그들이 내 편을 들어주리라고 생각했다. 그러나 그들은 모두 크게 웃음을 터뜨리며 나를 바라볼 뿐이었다. 그러자 내 눈에서는 눈물이 마구 흘러내렸다.

나는 그만 무안해져서 문밖으로 뛰쳐나왔다. 층계를 내려와 정원 뜰에 있는 보리수나무를 지나 집으로 돌아왔다. 집에 오자마자 어머니 품에 쓰러지며 흐느껴 울었다.

"무슨 일이 있었니?" 하는 어머니의 물음에, 나는 훌쩍훌쩍 울면서 말했다.

"엄마, 아버지를 따라가서 후작 부인을 만났는데, 무척 상냥하고 아름다운 분이셨어요. 꼭 엄마처럼요. 그래서 나도 모르게 부인의 목에 매달려 키스를 했어요."

"저런, 해서는 안 될 짓을 했구나. 왜냐하면 그분들은 타인일 뿐만 아니라, 고귀하신 분들이기 때문에 그런 행동을 하면 안 된단다."

"타인이라는 게 뭐예요? 나를 다정하고 친절한 눈길로 바라보는 사람들을 좋아하면 안 되는 건가요?"

"좋아하는 건 괜찮아. 하지만 그걸 겉으로 드러내놓으면 안 되는 거야."

"그럼 사람을 좋아하는 것이 옳지 않은 일인가요? 어째서 내가 좋아하는 마음을 겉으로 드러내면 안 되는 거죠?"

"그래, 네 말도 맞다. 그러나 너는 아버지의 말씀대로 행동해야 된단다. 좀 더 자라면 너도 알게 될 거야."

어째서 다정한 눈길로 나를 바라보는 아름다운 여인에게 매달려서 키스하면 안 되는 건지…….

그날은 참으로 우울했다. 아버지는 집으로 돌아오신 뒤에도 내가 버릇없이 굴었다는 얘기를 계속해서 하셨다.

밤이 되어 어머니가 나를 침대로 데려갔고, 나는 기도를 올렸다. 하지만 좀처럼 잠이 오지 않았다. 나는 내가 좋아해서는 안 된다는 '타인'이란 존재가 도대체 무엇이며 어떠한 것일까 하고 생각했다.

가엾은 인간의 마음이여! 그리하여 봄철에 이미 그대의 꽃잎이 부서지고, 날개에서는 깃털이 뽑혀지는구나!

인생의 새벽빛이 우리의 영혼 안에 감추어진 꽃받침을 열어줄 때면 마음 깊은 곳에서 그윽한 사랑의 향기가 풍겨 나오기 마련이다.

우리는 자라나면서 서는 법, 걷는 법, 말하는 법, 읽는 법을 배운다. 하지만 사랑은 아무도 가르쳐 주지 않는다. 사랑은 우리의 생명과 마찬가지로 이미 우리 자신에게 속해 있는 것이기 때문이다.

그래서인지 사랑은 우리 삶의 가장 깊은 뿌리라고 한다. 천체(天體)가 서로 끌어당기고 기울어지면서 영원한 중력의 법칙에 의해 모이고 흩어지듯이, 이 세상에 존재하는 영혼들 역시 서로 끌어당기고 쏠리면서 영원한 사랑의 법칙에 의해 맺어지거나 헤어지는 것이다.

마치 햇빛이 없으면 한 송이의 꽃도 피어나지 못하는 것처럼, 인간은 사랑 없이 살아갈 수가 없는 것이다.

낯선 세계의 매서운 바람이 어린아이의 작은 가슴에 처음으로 불어 닥쳤을 때, 만약 부모의 눈에서 따뜻한 사랑의 햇볕이 — 마치 하느님의 빛이나 하느님의 사랑의 부드러운 반영과도 같이 — 내비치지 않는다면, 어린 가슴으로 그 두려움을 어떻게 감당할 수 있겠는가.

그때 어린아이의 마음에서 눈뜨는 동경은 그 무엇과도 비교할 수 없이 순수하고 깊은 사랑이다. 그것은 온 세계를 포괄하는 사랑이다.

그 사랑은 두 개의 맑은 눈동자가 자기에게 향해졌을 때에 타오르고, 사람의 목소리를 들으면 환호한다. 그것은 예로부터 깊이를 도저히 헤아릴 수 없는 사랑이며, 어떤 측량기를 사용해도 잴 수 없는 깊은 샘이며, 아무리 퍼내도 마르지 않고 솟아나는 분수이다.

사랑을 아는 사람은 깨닫고 있다. 사랑에는 척도가 없다는 것,

많다거나 적다거나 하는 비교가 있을 수 없다는 것, 오직 온몸과 마음으로 힘을 다하고 정성을 기울여야만 사랑을 이룰 수 있다는 것을…….

그러나 우리가 삶의 절반도 살기 전에, 이러한 사랑은 얼마나 많이 사라져 버리는지……. '타인'이라는 존재를 알게 되면, 그때부터 어린아이는 이미 어린아이가 아닌 것이다.

사랑의 샘물은 마르기 시작하고, 해가 갈수록 점점 흙모래에 파묻히고 만다. 우리의 눈은 빛을 잃고, 우리 자신은 시끌벅적한 거리를 심각하고 지친 표정으로 스쳐 지나간다.

인사도 잘 하지 않는다. 인사를 했는데도 상대편의 반응이 없을 경우, 우리 마음이 얼마나 커다란 상처를 입는가를 잘 알고 있기 때문이다. 또한 우리가 일단 인사를 나누고 악수를 했던 사람들과 헤어진다는 것이 얼마나 가슴 아픈 일인가를 알고 있기 때문이다.

영혼의 날개는 그 깃털을 잃고, 꽃잎들은 거의 뜯겨져서 시들어 버린다. 그런가 하면 아무리 퍼내도 마르지 않던 사랑의 샘에도 지금은 몇 방울의 물밖에 남아 있지 않다. 갈증에 시달리는 우리는 이 몇 방울의 물로 혀를 적시면서 고통을 견디고 있는 것이다.

이 몇 방울의 물을, 우리는 아직도 사랑이라고 부른다. 하지만 그것은 이미 순수하고 완전한, 기쁨에 충만한 어린이의 사랑은 아니다.

그것은 두려움과 불안이 섞인 사랑이며, 불타오르는 정열이자, 뜨거운 모래 위에 떨어지는 빗방울처럼 스스로를 죽이는 사랑이고, 무언가를 원하는 사랑일 뿐, 헌신하는 사랑이 아니다. 나의 것이 되어 달라고 요구하는 사랑이지, 당신의 것이 되고 싶다고 자신을 바치는 사랑이 아니다! 그것은 자기 본위의 맹목적인 사랑에 불과하다.

이것이 바로 시인들이 노래하고, 젊은 남녀들이 믿고 있는 사랑이라는 것의 실체다. 그것은 활활 타오르다 이내 꺼져 버리는 한 가닥 불꽃일 따름이어서, 사람을 따뜻하게 해주지도 않을 뿐 아니라 연기와 잿더미 외에는 아무것도 남기지 않는다. 하지만 우리는 한때 타오르는 이러한 불꽃을 영원한 사랑이라고 믿는 것이다. 그 불꽃이 환하면 환할수록 뒤에 남는 어둠 또한 짙은 법임을 모르고 있는 것이다.

그리하여 주위가 어두워졌을 때나 마음속으로부터 고독을 느끼게 될 때, 또는 많은 사람들이 우리 곁을 스쳐 지나가도 우리를 알아보는 사람이 아무도 없을 때면 그 동안 잊고 지냈던 감정의 한 줄기가 가슴속에서 솟구쳐 오른다. 하지만 우리는 그것의 정체가 무엇인지를 알 수가 없다. 그것은 사랑도 아니고, 우정도 아니기 때문이다.

냉랭하고 무심하게 스쳐 지나가는 사람들을 향해 "혹시 저를 모르십니까?" 하고 소리치고 싶어질 때도 있다. 그러한 때 우리는 인간과 인간의 관계야말로 형제나 부자지간보다도, 또는 친구지간보다도 더 가깝다는 걸 느낀다. 그리고 '타인'은 우리와 가장 가까운 이웃이라는 말이, 마치 성경의 오래된 잠언 구절처럼 마음속에서 울려 퍼진다.

그렇다면 우리는 왜 말없이 그들 곁을 스쳐지나가 버리는 것일까. 그것을 우리는 알지 못한다. 때문에 겸허한 마음으로 그것에 순종하는 수밖에 도리가 없다.

이런 경우를 한번 상상해 보자. 서로 반대편에서 오는 두 대의 열차가 서로 엇갈리며 철로 위를 서행하고 있을 때, 우연히 건너편 열차 안에서 아는 사람이 당신을 향해 인사하려는 것을 발견했다고 치자.

이럴 경우, 손을 내밀어 당신을 스쳐 지나가는 친구의 손을 잡아 보려고 시도해 보라. 그러면 당신은 곧 알게 될 것이다. 이 세상에서 어찌하여 인간이 인간의 곁을 말없이 스쳐 지나가는지를…….

어떤 현자는 이렇게 말한다.

"나는 난파당한 배의 작은 파편들이 바다 위에 떠 있는 것을 본 적이 있다. 그들 중의 몇몇 파편은 서로 부딪치며 한동안 한곳에 몰려 있다. 하지만 곧 폭풍이 몰려와서 그것들을 각기 반대 방향으로 흘러가게 한다. 그리하여 이 파편들은 이 지상에서 다시 만나는 일이 없게 된다.

인간의 운명도 이와 마찬가지다. 다만 거대한 난파의 광경을 본 사람이 지금껏 아무도 없을 뿐이다."

# 세 번째 회상

어린 시절의 하늘에는 검은 구름이 그다지 오래 머물지 않는다. 따뜻한 눈물 같은 비가 조금 내리고 나면 이내 사라지고 만다.

그렇듯이, 얼마 지나지 않아 나는 다시 그 성에 갔다. 후작 부인은 내게 손을 내밀며 키스하도록 허락해 주었다. 그러고 나서 부인이 자신의 자식들인 어린 공자와 공녀들을 데리고 왔다. 우리는 아주 오랫동안 사귄 친구들처럼 어울려 놀았다. 학교에서 돌아와 — 그때 나는 학교에 다니고 있었다 — 그 성에 놀러갈 수 있었던 그 시절은 참으로 행복하고 즐거웠다.

그곳에는 마음속으로 원하고 동경하던 모든 것이 있었다. 어머니가 가게에 진열된 장난감을 가리키면서, '저것을 살 만한 돈이면 가난한 사람들이 일주일 동안 충분히 살 수 있다.'고 설명하셨던 값비싼 장난감들이 그 성에는 얼마든지 있었다. 뿐만 아니라 후작 부인에게 부탁하면 그것들을 집으로 가져와서 어머니께 보여줄 수도 있었고, 때로는 그것을 아주 가질 수도 있었다.

그뿐만이 아니었다. 책방에서 아버지와 함께 본 예쁜 그림책들, 그렇지만 아주 착한 아이들만 가질 수 있다고 아버지께서 말씀하셨던 그림책들을 그 성에서는 몇 시간이고 뒤적거리며 놀 수 있었다. 어린 공자들이 가진 물건을 내 것처럼 만지거나 볼 수 있었다. 적어도 나는 그렇게 생각하고 있었다. 왜냐하면 나는 내가 갖고 싶은 것을 집에 가져갈 수 있었을 뿐만 아니라, 때로는 그 장난감들을 다른 아이들에게 줄 수도 있었기 때문이었다. 이를테면, 나는 문자 그대로 완전한 의미의 공산주의자였던 것이다.

다만 언젠가 이런 일이 있었던 것이 기억난다. 후작 부인이 우리에게 금빛 나는 뱀 모양의 장난감을 갖고 놀라고 준 일이 있다. 그것을 팔에다 감으면 마치 살아 있는 것처럼 보이는 팔찌였다.

집에 돌아올 때, 어머니를 깜짝 놀라게 해줄 작정으로 나는 그것을 내 팔에 감고 있었다. 그런데 도중에 길가에서 한 부인을 만났다. 부인은 내 팔에 감긴 금빛 나는 뱀을 구경할 수 있겠느냐고 하면서, 금으로 된 그런 뱀만 가질 수 있다면 자기 남편을 감옥에서 풀려 나오게 할 수 있다고 말했다. 나는 단 1초도 생각하지 않고 금빛 나는 뱀 모양의 장난감을 그 부인에게 건네준 다음 집으로 뛰어와 버렸다.

그 다음날 한바탕 소동이 벌어졌다. 그 불쌍한 여자가 성으로

끌려와 울고 있고, 사람들은 그 여자가 나한테서 팔찌를 훔쳤다고 떠들어댔다. 그 소리를 듣는 순간 너무도 화가 나서, 내가 그 팔찌를 그 여자에게 준 이유를 열을 내어 설명한 다음 나는 그것을 도로 받고 싶지 않다고 진지하게 말했다.

그 결과가 어떻게 되었는지는 모르지만, 그 일이 있고 난 뒤부터는 내가 집으로 가져오는 물건을 일일이 후작 부인에게 보여야 했던 것이 기억난다.

그 후에도 '내 것'과 '남의 것'이라는 개념을 완전히 이해하기까지에는 무척 오랜 시일이 걸렸다. 마치 내가 오랫동안 빨간 색과 파란 색을 구별하지 못했던 것과 마찬가지로, '내 것'과 '남의 것'의 구별은 한동안 나를 혼란하게 만들었다.

그와 비슷한 일로 친구들의 웃음거리가 되었던 일을 지금도 기억하고 있다. 그것은 어머니가 사과를 사 오라고 심부름을 시켰을 때의 일이다.

어머니는 1그로센짜리 은화를 주셨는데, 사과 값은 5페니히밖에 하지 않았다. 내가 사과를 파는 여자에게 1그로센짜리 은화를 주자, 그녀는 거스름돈이 한 푼도 없다고 말했다. 그러면서 아주 우울한 표정으로, 오늘은 하루 종일 아무것도 팔지 못해서 거스름돈이 없으니 1그로센어치를 다 사달라고 하는 것이었다.

그때 내 주머니에 5페니히짜리 동전이 있다는 생각이 얼핏 떠올랐다. 그것이면 지금의 곤란한 문제가 해결될 수 있을 거라는 기쁨으로 동전을 그녀에게 내밀며 말했다.

"자, 이것이면 5페니히를 거슬러 줄 수 있지요?"

하지만 그녀는 내 말뜻을 알아듣지 못한 채 1그로센 은화를 내게 되돌려주고, 대신 5페니히 동전을 받아 넣었던 것이다.

어린 공자들과 놀기 위해 그리고 얼마 후에는 같이 프랑스어 공부를 하기 위해 거의 매일같이 성으로 올라갔던 그 시절, 나의 기억 속에 새겨진 또 하나의 모습이 있다. 그것은 후작의 딸로서 백작의 작위를 가진 마리아라는 소녀다. 그 소녀의 어머니는 그녀가 태어난 지 얼마 되지 않아 세상을 떠났고, 후작은 재혼을 했던 것이다.

내가 그녀를 언제 처음 보았는지는 잘 기억나지 않는다. 그녀는 기억의 암흑 속에서 아주 서서히 모습을 드러낸다. 처음에는 희미한 그림자처럼 아련한 모습이었는데, 점점 윤곽이 분명해지면서 나를 향해 가까이 다가오고 있다. 마치 폭풍우 치는 밤에 홀연히 구름 베일을 벗고 얼굴을 드러낸 달처럼 내 영혼 앞에 우뚝 서 있는 것이다.

그녀는 항상 허약해 보였고, 말이 없었다. 내가 볼 때마다 언제나 침대 위에 누워 있었다. 그녀가 누워 있는 침대를 두 명의 장정이 우리들 방으로 옮겨 왔고, 그녀가 피곤해 하면 다시 그녀의 방으로 옮겨 가곤 했다.

그녀는 주름이 많이 잡힌 새하얀 옷을 입고 누워서, 두 손을 앞으로 모아 쥐고 있는 경우가 많았다. 얼굴은 몹시 창백했지만 부드럽고 아름다웠으며, 눈은 깊이를 알 수 없을 만큼 깊고 신비했다. 나는 곧잘 그녀의 모습을 바라보며 생각에 잠기곤 했는데, '이 사람도 타인에 속할까?' 하는 질문을 나 자신에게 하곤 했다.

그럴 때, 그녀는 가끔 내 머리에 손을 얹곤 했다. 그러면 마치 뭔가가 내 온몸을 통해 흐르는 것 같은 느낌이 들어서, 나는 달아날 수도 없었고 뭐라고 말을 할 수도 없었다. 때문에 나는 꼼짝도 하지 않고 그 자리에 서서 그녀의 깊고 신비한 눈을 들여다보곤 했다.

그녀는 우리와 그다지 많은 얘기를 나누지는 않았지만, 그 눈동자는 우리의 행동을 하나라도 놓치지 않으려는 듯이 부지런히 움직였다. 그리고 우리가 아무리 날뛰고 떠들어도 불평 한 마디 없이, 다만 두 손을 그 하얀 이마에 얹은 채 자는 듯이 눈을 감고 있을 뿐이었다.

그러나 어떤 날은 한결 기분이 좋아졌다고 말하면서 침대에서 몸을 똑바로 일으켜 앉아 있기도 했다. 그럴 때면 그녀의 얼굴에 동터오는 새벽의 붉은 하늘처럼 발그레한 기운이 감돌았고, 우리에게 여러 가지 재미있는 옛날이야기를 들려주기도 했다.

그녀가 그때 몇 살이었는지 나는 잘 모른다. 가녀리게 보여서인지 어린아이처럼 느껴지기도 했지만, 진지하고 기품 있는 태도로 보아 이미 어린아이가 아니었음이 분명하다. 사람들이 그녀에 관해 말할 때면 무의식중에 소리를 낮춰 조용조용히 말하곤 했다. 그리고 그들은 그녀를 '천사'라고 불렀으며, 그녀가 사랑스럽다거나 착하다고 칭찬하는 말 외에는 다른 말을 들어본 적이 없다.

가끔 나는 그녀가 그렇게 기운 없이 조용히 누워 있는 모습을 보며, 아마도 평생 동안 걸을 수 없겠구나, 아무런 일도 할 수 없겠구나, 기쁨도 없이 침대에 누워 지내면서 영원한 안식처로 떠날 때까지 사람들의 손에 의해 이리저리 옮겨 다녀야 할지도 모르겠다는 생각을 하기도 했다. 그리고는 천사의 품에 조용히 안겨 있어도 좋을 그녀가 왜 이 세상에 보내졌을까, 수많은 성화(聖畵)에서 본 것처럼 천사는 그녀를 부드러운 날개에 싣고 하늘을 날 수도 있을 텐데…… 하고 나 자신에게 묻기도 했다.

그럴 때면 나는 그녀 혼자서 고통을 겪지 않고, 우리 모두가 그녀와 고통을 같이하기 위해서 그녀가 지닌 고통의 일부를 떼어 받아야 할 것 같은 느낌에 사로잡히곤 했다. 하지만 나는 그런 말들을 그녀에게 고백하지는 못했다. 왜냐하면 나 자신도 그 모든 것을 분명히 알지 못했기 때문이다. 다만 나는 뭔가를 느끼고 있을 뿐이었다.

그렇다고 그것이 그녀의 목에 매달려야겠다는 그런 느낌은 아니었다. 그것은 그녀에게 더 큰 고통을 안겨줄 것이므로 아무도 그런 행동을 해서는 안 되었다. 그 대신 그녀가 고통에서 벗어

날 수 있도록 정성을 다해 기도를 올려야 할 것 같았다.

어느 따뜻한 봄날, 그날도 그녀는 우리들이 있는 방으로 옮겨져 왔다. 그녀는 무척 창백하게 보였지만, 그 눈은 여느 때보다 훨씬 빛나면서 깊어 보였다. 그녀는 침대에 앉아 우리를 자기 곁으로 불렀다.

"오늘이 내 생일인데, 새벽에 견진성사(堅振聖事)* 를 받았어.

★ 견진성사 : 가톨릭 교회의 7성사(聖事) 중 세례성사를 받은 신자에게 성령과 그 선물을 주어 신앙을 성숙하게 하는 성사.

이젠 언제든지…….”

그녀는 아버지를 바라보고 미소 지으며 말을 이었다.

“하느님 곁으로 갈 수 있게 되었어. 물론 나는 너희들과 오래 같이 있고 싶지만……. 하지만 언젠가 너희 곁을 떠난다 하더라도 내가 너희들에게 완전히 잊혀지는 건 싫어. 그래서 너희들에게 반지를 하나씩 선물로 주고 싶어. 지금은 이것을 너희들 둘째 손가락에 끼고 있어 줘. 앞으로 너희들이 점점 자라면 그 반지를 다음 손가락으로 옮겨 끼는 거야. 그러다 보면 나중에는 새끼손가락에밖에는 맞지 않게 되겠지. 하지만 평생 동안 이 반지를 끼고 있어 줘. 알았지?”

이 말을 하고 나서 그녀는 자기가 끼고 있던 다섯 개의 반지를 하나씩 차례로 빼냈다. 그런 그녀의 모습이 너무나 애절하면서도 고결하게 보였기 때문에 나는 눈물이 나오려 하는 것을 간신히 참고 있었다.

그녀는 처음 반지를 제일 큰 남동생에게 주고는 입을 맞추었다. 그런 다음 둘째와 셋째 반지를 두 공녀에게 주었고, 넷째 반지는 막내 공자에게 주었다. 그녀는 반지를 줄 때마다 동생들에게 키스를 했다.

나는 꼼짝도 않고 곁에 선 채, 그녀의 흰 손을 바라보고 있었다. 그녀의 손가락엔 아직 또 하나의 반지가 남아 있었다. 하지만 그녀는 몹시 피로한 듯 몸을 뒤로 기댔다. 그때 그녀의 눈과 나의 눈이 마주쳤다.

어린아이의 눈은 입보다 훨씬 정확한 뜻을 담아 말을 하는 법이다. 그녀는 내 마음속의 소리를 들은 듯싶었다. 하지만 그 마지막 반지를 꼭 받고 싶었던 심사는 아니었다. 다만 내가 그녀에게는 한낱 '타인'에 지나지 않는다는 것, 나는 그녀에게 속해 있지 않다는 것, 따라서 그녀가 자기 동생들보다는 나를 덜 사랑한다는 느낌을 받았던 것이다.

그러자 가슴속에서 뭔가 고통 같은 것, 이를테면 혈관이 하나 터졌거나 신경이 하나 끊어져나가는 듯한 느낌이 밀려왔다. 나는 그 고통을 감추기 위해 어디다 시선을 두어야 할지 몰라 하며 당황해하고 있었다.

그런데 그녀가 몸을 일으켜 세우더니 내 이마에 손을 올려놓으며 내 눈 속을 깊이 들여다보았다. 나는 내 마음속을 그녀가 샅샅이 읽고 있다는 느낌에 사로잡혀 어쩔 줄 몰라 했다. 잠시 후 그녀는 손가락에서 천천히 마지막 반지를 뺀 다음, 그걸 내게 주며 말했다.

"이건 내가 너희들을 떠날 때 갖고 가려던 것이었어. 하지만 이 반지를 네가 가지고 있다가, 내가 세상에 없을 때 나를 생각해 주면 더 좋을 것 같다. 이 반지에 쓰여 있는 글을 읽어 봐. '주님의 뜻대로'라고 쓰여 있어. 너는 거친 마음, 그리고 부드러운 마음을 함께 갖고 있어. 이 세상을 살아가는 동안 부드러운 마음이 굳어

버리지 않도록 잘 다스리도록 해."

그러면서 그녀는 동생들에게 한 것처럼 나에게도 키스를 하고 반지를 주었다.

그때 내 마음속에서 도대체 무슨 일이 벌어졌는지는 나 자신도 모른다. 그 무렵, 나는 벌써 소년이 되어 있었다. 따라서 고통받는 천사의 온화한 아름다움은 이미 나의 마음 깊은 곳에 자리잡고 있었을 것이다.

나는 소년답게 최대한으로 그녀를 사랑했다. 그러한 소년의 사랑에는 청년기와 장년기에서는 볼 수 없는 순수함과 진실이 담겨져 있으며, 온 마음을 다해 사랑하는 특성이 있다. 하지만 당시의 나는 그녀가 이미 타인이며, 사랑을 고백해서는 안 될 인간에 속한다고 믿고 있었다.

그녀가 내게 했던 진지한 말들을 다 이해할 수는 없었지만, 그녀의 마음이 내 마음에 가까이 다가왔다고 느껴졌다. 두 사람의 영혼이 더 이상 가까워질 수 없을 만큼 가까워졌다고 생각하자, 온갖 비참한 생각이 어느새 가슴에서 사라졌다. 이미 나는 혼자가 아니었으며, 타인도 아니었고 국외자도 아니었다. 나는 그녀 곁에, 그녀와 함께, 그녀의 마음속에 있음을 느꼈다.

그녀가 반지를 무덤까지 갖고 가고 싶었다는 말이 떠올랐다. 그렇다면 그 반지를 내게 주는 일이 그녀로서는 일종의 희생일 것이었다. 순간 내 가슴속에서 알 수 없는 어떤 감정이 솟구치며,

그것이 다른 모든 감정을 압도하는 것처럼 느껴졌다. 나는 조심스러운 목소리로 말했다.

"이 반지를 내게 주고 싶으면 그냥 네가 갖고 있어. 너의 것은 곧 내 것이니까."

그녀는 의아스럽다는 듯한 표정을 지으며 한참 동안 나를 유심히 바라보았다. 그리고는 반지를 받아 자기의 손가락에 끼고는, 다시 한 번 내 이마에 입을 맞추며 나직한 목소리로 말했다.

"너는 네가 하는 말의 뜻을 잘 모르고 있는 것 같아. 이해할 수 있도록 공부를 해봐. 그러면 너도 행복해질 수 있고, 많은 사람들을 행복하게 해줄 수 있을 거야."

# 네 번째 회상

어떤 사람이든 살아가는 동안, 먼지투성이의 단조로운 포플러 가로수 길을 자기가 어디에 있는지도 모르는 상태에서 정신없이 걷는 것 같은 그런 세월을 한번쯤 경험하는 법이다. 하지만 그 시기에 관해 떠올려보면, 자신이 참으로 먼 길을 걸어 왔다는 사실과 나이가 들었다는 서글픈 감정만 남아 있기 일쑤다.

삶이라는 강이 유유히 흐르고 있는 한, 그것은 언제나 같은 강이다. 다만 변하는 것은 양쪽 강가의 경치뿐이다. 그러나 이어서 거대한 폭포에 이르게 된다. 이 폭포들은 언제까지나 기억 속에 남아 있어, 우리가 이 폭포를 지나 멀리 떨어진 영원한 바다에 가까이 다가갔을 때도 저 멀리서 그 폭포의 우렁찬 소리가 들리는 것처럼 느껴진다. 뿐만 아니라 아직도 우리에게 남아 있는, 우리를 이끌어 가는 생명력의 원천이 바로 이 폭포임을 느끼게 되는 것이다.

고교 시절은 끝났다. 대학 생활 초기의 화려한 시기도 지나갔다. 그와 함께 그간 키워온 여러 가지 아름다운 꿈들도 사라졌다. 단 한 가지 남아 있었던 것은 신과 인간에 대한 믿음뿐이다.

삶이란 나의 작은 머리 속에서 그려보던 그런 것과는 참으로 많이 달랐다. 그러나 그 대신 모든 것이 한 단계 높아진 축복을 받고 있었다. 그러고 보면 삶에 내재된 불가사의한 요소와 고통이야말로 지상에 신이 계시다는 것을 나타내는 증거가 아닐까 싶다.

'신의 뜻이 아니면 아무리 하찮은 일이라도 내게 일어나지 않는다.'는 것이 그 동안 내가 살아오면서 얻은 교훈이었다.

나는 여름방학이 되자, 나의 작은 고향 마을로 되돌아왔다. 다시 만난다는 것은 얼마나 큰 기쁨인가! 아무도 그것을 명확하게 설명한 사람은 없지만, 재회 · 재발견 · 회상 — 이런 것은 거의 모두가 기쁨과 즐거움을 지닌 비밀의 열쇠인 것이다. 처음으로 보고, 듣고, 맛보고 하는 것 — 그것 또한 아름답고 위대하며 유쾌한 일일 것이다.

하지만 그런 일들은 대체로 지나치게 낯설어서 우리를 놀라게 할 뿐, 편안한 마음으로 받아들이는 것이 쉽지 않다. 때문에 즐기기 위한 노력이 즐거움 그 자체보다도 크기 마련이다.

그러나 오랜 세월이 지난 뒤에 흘러간 음악을 문득 듣게 되는 경우 멜로디는 거의 잊어버렸음에도 불구하고 마치 옛 친구를 다시 만난 것처럼 그 분위기가 떠오를 때, 또는 오랜만에 드레스

덴의 산 시스토 성모상(聖母像)* 앞에 서 있는데 예전에 보았던 성화(聖畵) 속 아기 예수의 그윽한 눈길이 우리 마음에 불러일으켰던 감흥들이 고스란히 되살아날 때, 아니면 하다못해 학창 시절 이후 한번도 생각해 본 적이 없는 꽃향기를 다시 맡거나 그때 먹었던 음식을 다시 맛볼 때 — 이런 경험들은 과연 우리가 눈앞에 있는 삶을 기뻐하는지, 아니면 흘러간 추억에 대해 기뻐하는지조차 분간할 수 없을 정도로 우리 마음속에 깊고 내밀한 기쁨을 안겨다 주는 것이다.

긴 세월이 지난 후 다시 자신의 고향에 발을 들여놓아 보라. 그때 우리의 영혼은 자기도 모르는 사이에 숱한 추억의 바다 속을 헤엄쳐 다니게 마련이다. 춤추는 추억의 파도들이 요람처럼 우리의 영혼을 싣고서 몽롱하고 아득한 과거의 강변들을 스쳐 흔들리며 지나가는 것이다.

탑의 꼭대기에 매달려 있는 종이 울리면, 우리는 문득 학교에 지각하지 않을까 마음을 조이게 된다. 그러다가 다음 순간 소스라쳐 놀라 제정신으로 돌아오면, 그런 불안은 과거지사(過去之事)라는 사실에 안도를 느낀다.

개 한 마리가 길을 가로질러서 달려간다. 내가 그 옛날에 벌벌

★ 라파엘의 유명한 성모상. 이탈리아의 피아첸쯔아의 산 시스토 교회에서 옮겨와 드레스덴의 미술관에 진열되어 있음.

떨면서 멀리 피해 다녔던 바로 그놈이다.

여기엔 옛날부터 노점을 벌여놓고 있던 여자가 그대로 앉아 있다. 그때 그 여인이 팔았던 사과는 얼마나 자주 우리를 유혹했었던가. 그래서인지 지금도 먼지가 뽀얗게 앉은 저 사과들이 세상의 어떤 사과보다 맛있을 것 같은 생각이 든다.

건너편에는 낡은 집이 한 채 헐리고 새 집이 들어서 있다. 그 집은 우리를 가르치신 늙은 음악 선생님이 살던 집이다. 그 선생님은 이미 세상을 떠나셨다. 여름날 저녁 이곳 창 밑에 서서, 하루 일과를 마친 그 성실한 선생님이 혼자 즐기며 연주하던 즉흥곡에 몰래 귀 기울이던 일은 얼마나 즐거운 일이었던가. 그 연주 소리는 마치 하루 종일 갇혀 있던 증기를 마음껏 뿜어내는 증기 기관차 같았다.

또 이곳의 자그마한 덩굴나무가 우거진 오솔길, — 그 옛날에는 훨씬 크게 여겨졌었다 — 내가 어느 날 저녁인가 늦게 집으로 돌아가는 길에 이웃집에 사는 아름다운 소녀를 만났던 곳이 바로 여기였다. 그때 나는 그 소녀에게 눈길을 보내거나 말을 거는 일을 감히 상상조차 하지 못했다. 하지만 학교에서 우리 남학생들은 그 소녀의 이야기를 곧잘 화제에 올렸고, 그 소녀를 '예쁜 애'라고 불렀다. 나는 길에서 그 소녀가 멀리 나타나는 것만 보아도 너무나 행복했지만, 가까이 다가설 생각은 엄두조차 내지 못했었다.

그런데 어느 날 저녁때, 묘지로 이어지는 바로 이 작은 오솔길에서 나는 그 소녀를 만났다. 그전에는 한번도 말을 나눠본 적이 없었는데도 그 애는 내 팔을 잡고 함께 집으로 가자고 말했다. 나란히 걷는 동안 나는 한마디 말도 하지 않았던 걸로 기억한다. 아마 그 소녀도 그랬을 것이다.

그런데도 그때 나는 얼마나 행복했던가. 그래서 오랜 세월이 지난 지금까지도 그때 일을 떠올리면 다시 한번 그 시절로 돌아가고 싶어진다. 다시 한번 그 '예쁜 아이'와 함께 아무 말 없이 집으로 돌아올 수 있다면 얼마나 행복할까…….

이렇듯 추억은 파도처럼 끊임없이 머릿속에 밀어닥친다. 그럼 우리는 가슴에서 긴 한숨을 내뿜으며, 지금껏 골똘한 생각에 잠기느라 숨쉬는 것조차도 잊고 있었음을 비로소 깨닫게 된다. 그러고 나면 그 모든 몽상의 세계가 갑자기 사라져 버리고 만다. 마치 밤새 난장판을 벌이던 도깨비들이 새벽닭 울음소리에 서둘러 사라지는 것처럼…….

이제 나는 그 오래된 성 옆의 보리수 곁을 지나며 말 탄 파수병과 높은 계단을 보게 되었다. 그때 내 마음속에는 어떤 추억들이 스쳐 지나갔을까! 여기 있는 모든 것은 얼마나 변하고 말았는가!

벌써 여러 해째 나는 그 성에 간 적이 없었다. 후작 부인은 돌아가셨고, 후작은 통치하는 일에서 손을 떼고 이탈리아에서 생활하고 있으며, 지금은 나와 함께 놀던 맏공자가 영주가 되어 있었다.

공자의 주변에는 젊은 귀족과 장교들이 에워싸고 있었으며, 공자는 그들과 어울리기를 좋아했다. 그러다 보니 그 옛날 소꿉친구인 나와는 자연히 멀어질 수밖에 없었다. 게다가 또 다른 사정이 생기는 바람에 우리의 오랜 우정은 더욱 서먹해졌다.

독일 국민 생활의 궁핍과 독일 통치 체제의 악정(惡政)을 처음으로 인식한 젊은이들이 거의 그렇듯이, 나 역시 상투적으로 사용되는 진보적인 말 몇 가지를 배웠다. 궁정에서 이런 말을 쓰는 것은 엄격한 목사 가정에서 천박한 언동을 하는 것만큼이나 어울리지 않는 태도였다. 요컨대, 이런저런 사정으로 나는 여러 해

동안 그 계단을 올라간 적이 없었다.

그렇긴 해도 그 성안에는 내가 거의 매일처럼 그 이름을 불러 보며, 줄곧 가슴에 간직하고 있는 한 여인이 살고 있었다. 나는 이미 오래 전부터 생전에는 그녀를 다시 만나지 못하리라는 생각을 진지하게 하곤 했다. 그렇다, 그녀는 내게 현실 안에는 존재하지도 않고, 또 존재할 수도 없는 그런 모습으로 부각되어 있었다. 이를테면 그녀는 나의 수호천사 — 나의 또 다른 자아로 화해 있었던 것이다. 나는 스스로와 얘기하는 대신 그녀를 향해 말을 걸었다.

어떻게 해서 그녀가 내게 그런 존재가 되었는지는 나 자신도 설명할 길이 없다. 그도 그럴 것이, 실은 나도 그녀에 대해 거의 아무것도 알지 못했으니까…….

그것은 마치 하늘에 뜬 구름이 우리의 눈에는 때에 따라 여러 가지 다른 형상으로 비쳐지는 것처럼, 나의 상상력이 어린 시절의 하늘에서 마술처럼 불러낸 몽롱한 환영이요, 소리 없이 암시된 현실의 윤곽을 소재로 삼아 그려낸 하나의 완성된 환상이었다는 느낌이 들 뿐이다.

아무튼 나의 모든 생각과 사고는 나도 모르게 그녀와 나누는 대화의 형태가 되어 갔다. 내 안에 있는 모든 착하고 아름다운 것, 내가 지향하는 목표, 신앙의 대상, 보다 나은 자아 등이 모두 그녀에게 속해 있었다. 그것은 내가 그녀에게 부여한 것인 동시에 나의 수호천사인 그녀의 입으로부터 나온 것이었다.

고향집에 온 지 얼마 되지 않은 어느 날 아침, 한 통의 편지를 받았다. 그것은 백작의 영양인 마리아에게서 온 것이었다. 내용은 영어로 쓰여 있었다.

얼마 동안 이곳에 와 있게 되었다는 소식을 들었습니다. 우린 참 오랫동안 못 만났군요. 괜찮다면, 옛 친구를 다시 만나고 싶습니다. 오늘 오후에 '스위스 별채'에서 기다리고 있겠습니다. — 당신의 친구, 마리아

나는 오후에 찾아뵙겠다는 내용의 답장을, 역시 영문으로 써서 바로 보냈다. '스위스 별채'는 그 성의 일부였지만, 정원으로 통해 있어서 성 안마당을 지나지 않고서도 갈 수 있는 곳이었다.

나는 다섯 시쯤 정원을 지나 그 별채로 갔다. 나는 모든 감정을 억제하고 예의바르게 대화를 나누리라고 단단히 마음먹었다. 그래서 먼저 내 마음속의 수호천사를 달래고 진정시켜서, 그녀가 수호천사와는 무관한 존재임을 스스로 인식시키려고 무진 애를 썼다.

그러나 들떠 있는 내 마음은 아무리 해도 진정되지 않았고, 수호천사 역시 나에게 조금도 용기를 불어넣어 주려 들지 않았다. 하지만 억지로 마음을 다잡고는, 인생은 가면무도회와 같다

는 말을 혼잣말처럼 중얼거리며 반쯤 열린 방문을 두드렸다.

방 안에는 아무도 없었다. 다만 웬 낯선 부인이 나와 '백작 영양께서는 곧 오실 것'이라고 역시 영어로 말을 전했다. 그리고 그녀는 바로 돌아갔고, 나는 혼자 남게 되었다. 나는 그때서야 주변을 차근차근 둘러볼 수 있었다.

방 안의 사방 벽은 떡갈나무 목재로 되어 있었고, 벽을 빙 둘러 가며 서로 교차된 격자창이 있었다. 창 밖 벽으로 담쟁이덩굴이 기어올라 그 무성한 잎사귀로 방을 둘러싸고 있었다. 의자와 테이블 모두 떡갈나무 목재에다 조각한 것들이었고, 바닥은 쪽마루로 깔려 있었다.

그 방 안에서 그토록 많은 낯익은 물건들을 보는 것은 실로 독특한 감회를 주었다. 대부분의 물건들은 성안에 있던 옛날 우리들의 놀이방에서 자주 보아 왔던 것들이었다.

그밖에 다른 것들, 말하자면 초상화들은 새로운 물건이었다. 그렇긴 해도 그것들은 대학의 내 방에 걸어놓은 것과 똑같은 것들이었다. 이를테면 그랜드 피아노 위에 걸린 베토벤과 헨델, 멘델스존의 초상화 — 그것들은 바로 내가 골랐던 것과 같은 것이었다. 또한 방 한쪽 구석에 서 있는 미로의 비너스는 내가 고대의 입상(立像) 가운데 가장 아름답다고 생각하는 것이었다.

그런가 하면 책상에 놓인 단테와 셰익스피어의 책자들, 타울러의 설교집, <독일 신학>[*], 리케르트의 시집, 테니슨과 번즈의 시집, 그리고 칼라일의 <과거와 현재> 등 — 그 모두가 나의 서재에도 있는 것으로 바로 얼마 전까지도 손에 잡고 있던 책들이었다.

나는 곰곰 생각에 잠길 것 같은 기분을 털어 버리려고, 돌아가신 후작 부인의 초상화 앞으로 다가섰다. 바로 그때 문이 열리면서, 어릴 적에 자주 보았던 두 장정이 백작 영양을 침대에 누인 채 방 안으로 데리고 들어왔다.

아, 그 모습! — 그녀는 아무 말도 하지 않았다. 얼굴은 바람이 잠든 호수처럼 고요했다. 두 장정이 나가자, 이윽고 그녀는 내게로 시선을 돌렸다. — 예전과 다름없이 신비롭고 바닥을 헤아릴 수 없을 만큼 깊은 눈이었다 — 그녀의 얼굴은 순간마다 생기를

★ 〈Theologia Teutsch〉 : 프랑크푸르트 암 마인 부근 수도원의 한 수도사에 의해 씌어진 것으로, 54장으로 이루어졌음.

띠기 시작하더니 마침내 환하게 미소를 지으며 입을 열었다.

"우리는 어릴 적부터 친구예요. 그리고 우리 둘 다 변한 게 없는 것 같군요. 나는 '지이'라고는 부르지 못하겠어요. 하지만 '두우'★라고 부를 수도 없으니, 영어로 이야기하는 수밖에 없네요. 두 유 언더스탠드 미(Do you understand me)?"

나는 이런 대접을 받으리라고는 상상조차 하지 못했다. 어쨌든 그곳에서 내 눈앞에 보이는 장면이 가면무도회가 아닌 것은 분명했다. 거기에는 한 영혼을 갈구하는 또 다른 영혼이 있었다. 그리고 두 친구가 변장을 하고 검은 마스크를 썼음에도 불구하고, 단지 눈맞춤만으로 서로를 알아보는 것과 같은 그런 인사가 있었다.

나는 내게로 내밀어진 그녀의 손을 잡고 말했다.

"천사한테 이야기할 때 '지이'라고 부를 수는 없겠지요."

그렇지만 세상의 형식이나 습관의 힘은 참으로 끈질긴 것이어서, 아무리 가깝게 느끼는 영혼끼리라도 자연스럽게 이야기한다는 게 얼마나 어려운 일인지! 대화가 잠시 끊어지면서, 두 사람은 한순간 어색함을 느꼈다. 나는 침묵을 깨고, 때마침 머리에 떠오른 생각을 말했다.

★ 지이(Sie) : 예의 바르게 쓰는 존칭.
두우(Du) : 친한 사이에, 특히 남녀간에는 애인 사이에 쓰는 호칭.

"사람들은 어릴 때부터 새장 안에서 사는 데 길들여져서, 자유로운 몸이 되어도 마음 놓고 날개를 펼 엄두를 내지 못하지요. 날아 올라가면 사방에 부딪힐까 봐 두려워한답니다."

그러자 그녀가 말했다.

"맞아요. 하지만 그건 그대로 좋은 것이고, 달리 어쩔 도리도 없잖아요. 사람들은 숲 속을 날아다니는 새들처럼 나뭇가지 위에서 만나 서로를 일부러 소개할 필요도 없이 같이 노래를 부르는, 그런 관계가 되고 싶어 하지요. 하지만 새 중에는 부엉이나 참새 같은 무리도 섞여 있답니다. 그러니까 우리는 살아가면서 그런 것들을 모른 척하고 지나칠 줄도 알아야 하는 거예요.

어쩌면 삶이란 문학과 같은 것인지 모르겠다는 생각이 들어요. 참된 시인이 가장 아름답고 진실한 것을 운율이라는 구속된 형식에 담아 표현하는 것처럼, 인간이라면 사회의 여러 속박에도 불구하고 사상과 감정의 자유를 지킬 줄 알아야 한다고 생각해요."

나는 이때 플라텐*의 시 구절을 떠올리지 않을 수 없었다.

> 그 어느 곳에서든 영원한 것으로 존재하는 것은
> 구속된 운문(韻文)에 담긴 구속할 수 없는 정신이어라.

★ 플라텐(August von Platen, 1796~1835) : 낭만주의를 기조로 하면서도 의식적으로 새로운 것을 추구한 독일 시인.

그녀는 "맞아요." 하고 다정하면서도 사뭇 장난스러운 미소를 띠며 말했다.

"내게는 하나의 특권이 있어요. 그것은 나의 병과 외로움이지요. 나는 가끔 젊은 남녀들이 가엾게 보일 때가 있어요. 그들이나 그들의 부모 형제들은 사랑이니 연애니 하는 것을 염두에 두지 않는 한, 어떤 우정이나 신뢰감도 갖지 못하거든요. 그래서 그들은 오히려 많은 것을 잃는답니다.

처녀들은 훌륭한 남자친구가 자신의 영혼 안에 잠들어 있는 무언가를 진지하게 일깨워 줄 수 있다는 사실을 깨닫지 못하고 있는 것 같아요. 또 젊은 남자들도 자기 마음의 갈등을 멀리서 지켜봐 주는 애인을 가질 수 있다면, 그 옛날 기사도의 덕성을 되찾을 수도 있을 텐데…… 그런데 그렇게 되기가 쉽지 않은 모양이에요. 왜냐하면 거기엔 사랑이니 연애니 하는 것이 늘상 끼어드니까요. 즉 무섭게 고동치는 가슴이라든가, 파도처럼 밀려오는 희망에 부풀기도 하고, 아름다운 얼굴에 넋이 나가기도 하고 — 달콤한 감상에 빠지거나, 때로는 약삭빠른 계산도 해보고 — 한마디로 인간의 순수한 참모습이라고 할 수 있는 저 고요한 바다를 어지럽히는 온갖 것이 끼어드니 말이에요."

여기까지 말한 그녀는 갑자기 말을 중단했다. 그녀의 얼굴에 고통의 표정이 언뜻 떠올랐다.

"오늘은 더 이상 얘기를 할 수가 없어요. 내 주치의가 안 된다고 하시니까. ……갑자기 멘델스존의 음악이 듣고 싶어요. 그 이중주……. 그 곡은 옛날부터 당신이 잘 치던 곡이지요, 맞죠?"

나는 아무 말도 할 수가 없었다. 그녀가 말을 마치고 예전처럼 두 손을 맞잡았을 때 반지가 — 지금은 새끼손가락에 끼워진 반지가 — 내 눈에 들어왔기 때문이다.

그 반지는 그 옛날에 그녀가 내게 주었고 또 내가 그녀에게 주었던 반지였다. 수많은 생각으로 가슴이 벅차서 나는 할 말을 잃었다. 그래서 나는 묵묵히 피아노 앞에 앉아 그 곡을 연주했다.

연주가 끝난 후, 나는 그녀의 얼굴을 바라보며 말했다.

"이렇게 말이 없이 소리로만 서로 얘기할 수 있다면 얼마나 좋을까요."

"그럴 수 있어요. 난 모두 알아들을 수 있거든요. 하지만 오늘은 이 정도로 해요. 더 이상 버틸 수가 없어요. 난 날마다 점점 쇠약해져 가고 있거든요. ……이제부터, 우린 서로 친숙해졌으면 좋겠어요. 병들어 세상에서 숨어 있는 이 가엾은 여자가 관용을 기대하는 거랍니다. 그럼, 우리 내일 저녁때 같은 시간에 만나는 거예요. 괜찮죠?"

나는 대답 대신 그녀의 손에 키스하려고 했다. 하지만 그녀는 내 손을 잡아 꼭 쥐면서 말했다.

"이렇게 하는 것으로 됐어요. 안녕!"

# 다섯 번째 회상

내가 어떤 생각과 감정에 휩싸여 집으로 돌아왔는지를 말하는 것은 쉽지 않다. 그때의 심정을 어떻게 말로 옮겨놓을 수 있다는 말인가.

더없는 기쁨과 슬픔의 순간이 오면 누구나 홀로 연주하는 '말 없는 상념'이라는 곡이 있다. 그때의 내 느낌은 슬픔도 기쁨도 아니었다. 다만 무엇이라 표현할 수 없는 경이로움이었다. 나의 마음속에서는 온갖 상념이 유성처럼 날고 있었다. 하늘에서 땅으로 내려오려 해도 목적지에 이르기 전에 산화되고 마는…….

때로는 꿈을 꾸면서도 '지금 너는 꿈을 꾸고 있는 거야.'라고 자기 자신에게 말하듯이, 나는 나 자신에게 이렇게 되뇌고 있었다.

"너는 살아 있다. 그녀 또한 엄연히 실재한다."고.

그리고 분별과 냉정함을 되찾으려고 애쓰면서 이렇게 말하기도 했다.

"그녀는 사랑을 받을 가치가 있는 사람이다. 보석처럼 귀한 마음을 가진 사람이다."

그러면서도 그녀에게 무한한 연민을 느끼기 시작했고, 휴가 기간 동안 그녀와 함께 지내게 될 유쾌한 시간들을 머리 속에 그려 보았다.

그러나 아니었다. 그게 아니었다. 내 마음이 그런 것은 아니었다. 그녀야말로 내가 찾고 생각하고, 소망하고 믿었던 그 모든 것이 아닌가. 그런데 이곳에 내가 그토록 원하고 있는 한 사람이 — 맑고 깨끗한 영혼이 실재하고 있는 것이다.

그녀를 보는 순간, 나는 그녀가 무엇이며 그녀 안에 감춰진 것이 무엇인가를 본능적으로 알아보았다 — 우리는 인사를 하는 동시에 서로를 느꼈던 것이다. 그런데 내 마음속에 있는 수호천사가 대답을 않는다. 떠나간 것이다. 나는 그 천사를 다시 만날 수 있는 곳이 이 지상에 단 한 곳밖에 없음을 알고 있다.

그때부터 즐거운 생활이 시작되었다. 저녁마다 나는 그녀를 방문했고, 우리는 곧 서로가 진정한 옛 친구라고 생각했다. 때문에 서로를 '두우'라고 부를 수밖에 없는 사이임을 인정하지 않을 수 없었다. 왜냐하면 우리는 줄곧 함께 어울려 살아왔던 것 같은 기분이 들었기 때문이었다. 그녀가 마음으로 켜는 현(絃) 가운데 내 영혼을 울리지 않는 음(音)이 없었고, 내가 어떤 생각을 이야기하면 다정한 눈빛을 띤 그녀가 고개를 끄덕이며 동감의 뜻을 표하지 않는 것이 없었다.

예전에 나는 우리 시대의 거장(巨匠)인 음악가가 그의 누이랑 함께 피아노로 즉흥곡을 연주하는 것을 들은 적이 있다.* 그때 나는 어떻게 저 두 사람의 마음이 서로 통하여, 떠오르는 악상을 자유롭게 표현하면서도 한 음도 화음을 깨뜨리지 않고 연주할 수 있는가 하고 감탄하면서도 얼핏 이해가 되지 않았다. 그런데 지금은 그걸 이해할 수 있게 되었다.

이제야 비로소, 내가 스스로 생각하는 것처럼 나의 내면이 가난하고 공허한 것이 아님을 깨달았던 것이다. 다만 그 모든 씨앗을 발아시키고 꽃봉오리를 개화시키기 위해서는 햇볕이 필요하다는 생각을 저버릴 수 없었다. 하지만 나와 그녀의 마음을 스치고 지나간 봄은 얼마나 우수에 찬 것이었던가.

우리는 5월의 장미꽃이 그렇게 덧없이 시들어 버리리라고는 생각하지 않았다. 그러나 그즈음 밤마다 꽃잎이 하나씩 땅에 떨어지고 있다는 경고의 소리를 듣곤 했다. 그녀는 나보다 빨리 그 소리를 알아듣고 내게 말했다. 그렇다고 해서 그녀가 그것을 큰 고통으로 받아들이는 것 같지는 않았다. 우리의 대화는 날이 갈수록 진지함과 엄숙함을 더해 갔다.

어느 날 저녁, 내가 막 집으로 돌아오려는데 그녀가 말했다.

★ 멘델스존은 그의 누이 파니와 함께 피아노로 즉흥곡을 연주하곤 했다.

"내가 이렇게 오래 살게 되리라고는 생각도 못했어요. 견진성사 받던 날, 당신에게 이 반지를 줄 때는 조만간 세상을 떠날 것이라고 생각했어요. 그런데 이렇게 오래 살면서 아름답고 즐거운 일들을 볼 수 있다니 얼마나 감사한지 모르겠어요. 물론 괴로움도 많았지만, 그런 것은 이내 잊어버리고 말아요. 이제 진정으로 작별해야 되는 시간이 가까워졌음을 느끼곤 해요. 그러다 보니 1분, 1초가 그렇게 소중하고 안타깝게 여겨질 수가 없어요. 안녕히 가세요. 내일 일찍 오세요."

어느 날 내가 그녀의 방에 들어섰을 때, 한 이탈리아 화가가 와 있었다. 그녀는 그 사람과 이탈리아 말로 얘기하는 중이었는데, 가만 보니 그 남자는 예술가라기보다는 한낱 기술자였다. 그런데도 그녀가 상냥하고 겸손한 태도로 사뭇 존경의 뜻을 담아 얘기하는 것을 보고, 그녀가 가진 영혼의 고귀함과 품격이 새삼스럽게 가슴에 다가왔다.

화가가 가고 나자 그녀가 내게 말했다.

"지금 그림을 한 점 보여드릴게요. 당신도 좋아할 거예요. 원화(原畵)는 파리 미술관에 있는 거랍니다. 이 그림에 관해 쓴 글을 읽은 적이 있거든요. 그래서 아까 이탈리아 화가한테 복사를 시킨 거예요."

그녀는 내게 그림을 보여주고 나서 나의 말을 기다리는 눈치였다. 그것은 독일의 고전 의상을 입고 있는 중년 남자의 초상화였다. 그 남자의 표정은 꿈꾸는 듯하면서도 경건해 보였고, 너무나 사실적인 모습은 의심할 여지없이 실제 생존했던 사람으로 여기기에 충분했다.

그림의 바탕 색조는 대체로 어두운 갈색을 띠고 있었으며, 배경은 지평선에서 막 솟아오르는 빛이 찬란하게 비치고 있는 풍경이었다. 그밖에 이렇다 할 특별한 점은 없었지만, 대체로 안정감을 주는 인상이었다. 때문에 몇 시간을 보고 있어도 싫증날 것 같지는 않았다.

"진짜 살아 있는 인간의 얼굴도 이 그림보다 좋을 수는 없을 겁니다. 라파엘도 이런 작품을 만들어내진 못했을 거예요." 하고 내가 말했다.

"정말 그래요. 그런데 내가 왜 이 초상화를 갖고 싶어 했는지 모르시죠. 내가 책에서 읽은 내용에 의하면, 이 그림을 누가 그렸는지도 모르고 또 누구의 초상인지도 알려져 있지 않대요. 그렇지만 필시 중세의 한 철학자일 거라고 추측해 보는 거죠. 그런데 바로 이런 초상화가 나의 화실에 필요했어요. 당신도 알다시피, 저 <독일 신학>의 저자가 누구인지 모르잖아요. 그래서 그 사람 초상화도 전해지지 않고 있어요. 그래서 작가도 모르고 모델도 알 수 없는 초상화가 과연 <독일 신학>의 저자로서 어울리는지를 한번 시험해보고 싶었던 거예요.

만약 당신이 반대하지 않는다면, 이 그림을 '알비 파'* 의 그림과 '보름스 국회'* 그림 사이에다 걸어놓고 '독일 신학의 저자'라는 제목을 붙이면 어떨까 하고 생각했어요."

그녀는 나직한 목소리로 차근차근 말했다.

"좋습니다. 하지만 이 인물은 프랑크푸르트 사람치고는 너무 정력적이고 남자답게 보이는군요."라고 나는 말했다.

"그럴지도 몰라요. 그렇지만 나처럼 병들어 죽어가고 있는 사람들은 이 책에서 상당히 큰 위안과 힘을 얻을 거예요. 이 책을 통해 나도 적지 않은 은혜를 받았답니다. 이 책이 처음으로 나에게 기독교 교리의 참된 뜻을 가르쳐 주었거든요.

이 책의 저자가 누구였든 간에, 그의 가르침을 믿고 안 믿고는 개인의 자유라고 생각해요. 그의 가르침이 외면적으로 강제력을 갖고 있는 건 아니니까요. 그런데도 이 가르침은 엄청난 힘으로 나를 사로잡았어요. 그래서 신의 계시라는 것이 무엇인지를 처음으로 깨닫는 느낌이었어요.

많은 이들이 참된 기독교 정신에 들어서지 못하는 것은, 우리들의 마음에 계시가 미처 다가오기도 전에 기독교가 처음부터 계시를 앞세우기 때문이에요. 나도 그 때문에 자주 불안을 느끼

★ 알비 파 : 12세기 프랑스 남부 도시 알비를 중심으로 일어났던 교파. 극단적인 금욕주의를 특성으로 하며, 카타리 파로도 불림.
★ 보름스(Worms) : 독일의 공업도시. 1521년 4월, 루터의 신교를 반대하던 카알 5세가 루터를 국회로 소환한 사건으로 유명함.

곤 했어요. 그렇다고 내가 우리 종교의 진실성과 신성함을 의심했던 건 아니에요. 다만 타인으로부터 거저 받은 신앙은 나의 권리가 아닌 듯했고, 또 이해도 하지 못하면서 어릴 때부터 습관적으로 배워서 받아들인 믿음은 진정으로 내 것이 아니라는 느낌이 들었기 때문이지요. 그 어느 누구도 우리를 대신하여 살아주거나 죽어 줄 수 없는 것처럼, 아무도 우리를 대신해서 믿어줄 수는 없는 것이니까요."

"물론이지요. 기독교 교리가 초기에 사도들과 신도들의 마음을 사로잡았던 것처럼, 우리가 거역할 수 없도록 우리 마음에 서서히 스며들어 와야 합니다. 그런데 오늘날은 어릴 때부터 범

접할 수 없는 율법을 가지고 다가와, 신앙이라고 하는 절대 복종을 강요하고 있지 않습니까. 때문에 여러 가지 갈등이 생기는 거지요. 사고하는 능력과 진리에 대한 경외심을 가진 사람의 마음에는 언젠가는 의혹이 생기기 마련인데 말입니다. 그래서 우리가 신앙을 지키기 위해 애쓰고 있는 동안에도, 우리의 마음에는 부지불식(不知不識) 간에 의혹과 불신이라는 마음의 괴물이 나타나서 새로운 생명이 펼쳐지는 것을 방해하고 있는 것입니다." 하고 나는 말했다.

"얼마 전에 읽은 어느 영어 책에 이런 구절이 씌어 있더군요. '진리가 계시로서 나타나는 것이지 계시가 진리를 낳는 것은 아니다.'라는 말이에요. 이 말은 내가 <독일 신학>을 읽었을 때 가진 느낌이 그대로 표현된 것이에요.

나는 이 신학 책을 읽는 동안, 그 책이 말하는 진리의 힘에 압도당하지 않을 수 없었어요. 그래서 그 교리에 귀의하지 않을 수 없었고, 믿는다는 것이 무엇인지를 분명히 알게 되었어요. 진리는 이미 내 안에 있었어요. 다만 오랫동안 내 안에서 잠자고 있었던 거지요. 그러나 마치 한 줄기 빛처럼 비쳐들어 내 마음의 눈을 뜨게 하고, 막연했던 예감을 분명하게 내 마음 앞에 보여준 것은 누구인지도 모르는 어느 분의 가르침이었어요.

인간이 믿음을 어떻게 가질 수 있는가를 느끼고 난 후에, 나는 복음서를 읽어보려고 결심했습니다. 그것 역시 저자가 누군지 모른다고 간주하고 말이지요. 복음서는 성령에 의해 불가사의한 방법으로 사도들의 마음속에 불어넣어진 영감이며, 종교회의에서 비준을 받았고, 가톨릭 신앙의 최고 권위로 인정받은 것이라는 등의 생각을 되도록 내 의식에서 몰아내려고 했어요. 그러고 나서야 비로소 나는 기독교 신앙이 무엇인지, 기독교 계시가 무엇인지를 이해할 수 있게 되었습니다."

그녀가 거드는 말에 이어, 나는 말을 계속했다.

"신학자들이 아직까지 모든 종교를 없애버리지 않은 것은 이상한 일이지요. 만약에 신실한 신자들이 정색하면서 '이제 그 정도로 그만하시오.'라고 말리지 않았다면, 그들은 아마 모든 종교를 없애 버렸을 겁니다.

어느 교회든 하느님의 일꾼이 필요하지요. 하지만 이 세상의 어떤 종교를 막론하고 목사나 바라문, 샤먼, 불교의 승려나 라마승, 바리새인이나 율법학자 같은 무리들에 의해 부패하거나 해를 입지 않은 것은 없습니다. 그들은 그들 교구 신자의 열 명 중 아홉 명이 이해할 수 없는 말을 들먹이며, 언쟁을 일삼습니다. 또한 스스로 복음서를 통해 영감을 받고 그 영감으로 다른 사람들을 교화시키는 대신, 복음서가 영감을 받은 자들에 의해 쓰인 것이므로 얼마나 진실한 것이냐는 장황한 증거만을 모아서 늘어놓기 일쑵니다.

하지만 그런 증거라는 것은 그들 자신의 부족한 신앙을 보충

하기 위한 궁여지책에 불과한 것이지요. 스스로가 불가사의한 영감을 받아보지 못했는데, 복음서를 기록한 사람들이 불가사의한 방식으로 영감을 받았다는 사실을 그들이 어떻게 알 수 있겠습니까.

그래서 그들은 영감이라는 하늘의 은총을 초대교회의 장로들한테까지 미치게 하고, 심지어는 종교회의 결의에서 다수를 차지한 사람들에게까지 이것을 인정하게 하려는 거지요. 그러나 그렇게 되면 다시금 문제가 제기됩니다. 쉰 명의 주교 중 스물여섯 명은 영감을 받았고 스물네 명은 영감을 받지 않았다는 사실을 우리가 무엇을 근거로 알 수 있겠습니까. 그러자 그들은 필사적으로 마지막 조처를 취하면서 이런 주장까지 하게 됩니다.

'축복의 안수를 받음으로써 교회 고위 성직자들은 오늘날까지도 영감과 무류성*을 이어받고 있으며, 무류성이나 다수의 원칙·성령 등은 일체의 내면적 확신이나 헌신, 경건한 신앙상의 직관까지도 필요로 하지 않는다.'는 거지요.

그러나 이 모든 연결고리에도 불구하고 최초에 가졌던 의문이 다시 제기됩니다. 즉 B라는 사람이 A라는 사람만큼 또는 그 이상의 영감을 받지 않은 경우, A가 영감을 받았는지를 B가 어떻게

★ 무류성(無謬性) : 가톨릭 교회의 사제가 신앙 및 도덕에 관해 내린 결정은 하느님의 특별한 보호를 받으므로 오류가 있을 수 없다는 것.

알 수 있겠느냐 말이죠. 왜냐하면 자기 자신이 영감을 받았음을 아는 것보다 다른 사람이 영감을 받았음을 아는 것이 더 힘든 일이기 때문입니다."

"나는 그만큼 깊게 생각한 건 아니지만, 어떤 사람이 나를 사랑하고 있는지 아닌지를 아는 것은 참으로 어렵다는 생각을 자주 했어요. 왜냐하면 사랑에는 가짜라는 증거가 없기 때문이지요. 그래서 나는 '자기 스스로 사랑을 아는 사람이 아니면 어느 누구도 타인의 사랑을 알 수 없다.'고 생각하면서, '자신의 사랑을 믿는 범위에서만 타인의 사랑도 믿게 되는 것'이라고 내 나름대로 정리했어요. 사랑의 은총이 이런 것처럼, 성령의 은총도 같은 것이 아닐까요?

성령의 은총을 받은 사람은 하늘에서 심한 바람이 불어오는 것 같은 굉음을 듣고, 불꽃과 같은 혀가 갈라져서 각 사람의 머리에 머무는 것 같은 느낌을 갖는다고 해요. 그렇지만 당사자가 아닌 사람들은 너무나 놀라서 갈피를 잡지 못하거나 오해를 하면서, '이 사람들은 달콤한 술에 취했다.'고 비웃기 마련이죠."

그녀는 말하기가 힘이 드는지, 잠시 쉬었다가 말을 이었다.

"하지만 조금 전에도 말했듯이 내가 진실로 신앙을 갖게 된 것은 <독일 신학>의 덕분이에요. 더구나 대부분의 사람들이 그 책의 결함이라고 지적한 그 점으로 인해 오히려 나는 확신을 갖게 되었답니다. 이를테면, 그 옛 스승은 자신의 의견을 엄밀하게 논증하려고 전혀 애쓰지 않았거든요.

그는 마치 씨를 뿌리는 농부처럼, 자기가 뿌린 씨 가운데 단 몇 알이라도 비옥한 땅에 떨어져서 천 배의 수확을 거두기를 기원하면서 그냥 자신의 의견을 뿌린 거란 생각이 들어요. 그 신학의 스승이 자기 의견을 증명하려고 굳이 애쓰지 않은 이유는 자기의 의견이 진실이라는 확신을 갖고 있기 때문이었을 거예요. 따라서 증명이라는 형식을 동원할 필요도 없었을 거란 생각이 들어요." 하고 그녀가 말했다.

"그렇습니다." 하고 나는 그녀의 말에 끼어들었다. 스피노자의 <윤리학>에 나타난 놀라운 논증의 연쇄가 갑자기 떠올랐기 때문이었다.

"스피노자의 경우에서 보듯, 지나치게 소심하고 세심한 논증의 전개는 오히려 학자 자신이 자신의 학설을 진심으로 믿지 못하는 게 아닌가 하는 의구심을 갖게 합니다. 그렇기 때문에 논리의 망(網)에 더욱더 단단하게 매듭을 묶을 필요가 있었던 건 아닌가 하는 인상이 지워지지 않습니다. 그러나…… 솔직히 말해, 나도 <독일 신학>에 대해 여러 가지 자극을 받긴 했지만 그처럼 감탄하고 있지는 않습니다. 그 책은 인간적인 면이나 시적인 요소도 부족하지만, 무엇보다도 현실에 대한 따뜻한 감정과 경외감이 결여되어 있다고 생각됩니다.

14세기의 모든 신비주의는 준비단계에서는 유익한 데가 있습니다. 하지만 루터의 경우에서 알 수 있듯이, 신을 믿는 사람이 신의 축복을 받으면서 현실생활로 복귀할 때 비로소 그 해결점이 발견되는 것입니다.

따라서 인간은 살아가는 동안 한번쯤은 인간이란 존재의 무상함을 깨달아야만 합니다. 자기 자신은 아무것도 아니며, 자기의 존재와 기원과 영생은 초자연적이고 불가사의한 것에서 기인하고 있음을 인식해야만 합니다. 이것이 바로 신에게 귀의하는 길입니다. 이 길은 비록 지상에서는 끝내 그 목표에 도달하지 못하지만, 인간의 마음속에 영원히 지워지지 않는 신을 향한 향수를 남겨 주지요.

그러나 인간은 신비주의자들이 주장하는 것처럼 조화의 세계를 버릴 수는 없습니다. 비록 인간 자신이 무(無)에서 만들어졌지만, 즉 오로지 신에 의해서만 창조되었지만 혼자 힘으로 그 '무'로 되돌아갈 수는 없는 겁니다. 타울러가 말하는 자아소멸(自我消滅)이라는 것도, 불교에서 말하는 열반이나 입멸(入滅) 이상의 것은 아닙니다. 그래서 타울러도 이렇게 말하고 있지요.

'만약에 그가 지극히 높으신 자에 대한 지고의 외경심과 사랑 때문에 무(無)로 돌아가고 싶어 하는 것은, 지극히 높으신 자의 존엄에 눌려서 가장 깊은 나락에 빠지길 원하는 것이다.'

하지만 이 같은 피조물의 소멸은 창조주의 뜻이 아닙니다. 왜냐하면 신은 그것을 창조했으니까요. '신이 모습을 바꾸어 인간

안으로 들어서는 것이지, 인간이 신이 될 수는 없다.'고 아우구스티누스도 말하고 있습니다.

따라서 신비주의는 인간 영혼을 단련시키는 시련의 불은 될 수 있지만, 인간의 영혼을 솥 안의 끓는 물처럼 증발시키지는 못합니다. 스스로 인간이란 존재의 허무함을 인정한 사람은 자신의 자아가 곧 참된 신성의 반영이라는 것을 인정해야 합니다. <독일 신학>에는 이런 말이 있습니다.

'흘러나온 것은 참된 존재가 아니요, 그것은 한낱 우연이며 빛이며 그림자일 따름이로다. 참된 존재는 완전자(完全者) 안에만 있음이라. 따라서 우연이며 빛이며 그림자처럼 흘러나온 것은 참된 존재도 아니며 존재를 지니고 있지도 않느니라. 참된 존재란 빛을 발하는 태양이나 불꽃으로밖에 존재하지 않느니라.'

그렇지만 신성으로부터 흘러나온 것이 비록 불꽃의 그림자에 지나지 않는다 할지라도, 신적 존재를 자신 안에 간직하고 있는 것입니다. 다시 말하면 반사되지 않는 불꽃이나, 빛 없는 태양이나, 피조물이 없는 창조주 같은 것이 도대체 무슨 가치가 있겠습니까? 이런 문제들을 극명하게 밝혀주는 말이 있습니다.

'어떤 인간, 어떤 피조물을 막론하고 깊고 오묘한 신의 뜻과 신의 생각을 알고 싶어 하는 것은 모두 다 아담과 악마의 행적을 갈망하는 것과 다를 바가 없다.'

따라서 우리는 스스로를 신성의 형상이라고 느끼고, 그렇게

보이도록 하는 것에 만족해야 합니다. 진실로 그렇게 될 때까지 우리를 두루 비춰주는 신성의 빛을 발아래 놓거나 꺼 버려서는 안 됩니다. 그 빛은 주위의 모든 것을 비춰주고 따뜻하게 해주기 위해 한껏 불타오르게 해야 합니다. 그렇게 하면 우리들은 혈관 속에 살아 있는 불꽃을 느끼고, 삶의 투쟁을 위해 보다 높은 축복을 실감하게 됩니다.

아무리 하찮은 의무라도 우리에게 신을 상기시키고, 세속적인 것은 신적인 것으로, 무상한 것은 영원한 것이 되므로, 우리의 온 생(生)이 신 안에서의 생으로 되는 겁니다. 신은 영원한 휴식이 아닌 영원한 생명입니다. 안젤루스 실레지우스*는 '신에게는 의지가 없다.'고 말하지만, 그는 실상 이러한 점을 잊은 것입니다."

'우리는 기도한다. '오, 주여. 당신의 뜻대로 하소서!'라고. 그러나 보라. 신은 뜻을 갖고 있지 않으며, 영원한 정적(靜寂)임을…….'

그녀는 나의 말에 차분하게 귀를 기울이고 있었다. 그리고 잠

★ Angelus Silesius, 1624~1677, 영국 브레스라우 출신의 신비주의적 경향을 띠고 있는 시인. 루터주의와는 반대 입장을 표명하며, 종교개혁 반대 운동에 앞장섰다.

시 생각에 잠겨 있다가 입을 열었다.

“당신의 신앙은 건강하고, 힘이 느껴져요. 하지만 세상에는 삶에 지친 나머지 휴식과 잠을 원하는 사람도 있어요. 지금 당장 신에게로 돌아가 영원히 잠든다 해도 이 세상에 아무런 애착이나 미련을 갖지 않을 만큼, 너무나 큰 고독에 빠져 있는 사람들도 있답니다. 그들은 항시 지금 당장 신의 품에 영원히 안겨, 거룩한 안식을 맞이할지도 모른다는 예감을 갖고 있어요. 그들이 그럴 수 있는 것은, 그들에겐 세상에 매인 굴레가 없기 때문이에요. 쉬고 싶다는 생각 말고는 그들의 마음을 동요시킬 만한 어떠한 소망도 없기 때문입니다.

‘휴식은 지고의 선. 만약 신이 휴식이 아니라면, 나는 그분 앞에서 차라리 두 눈을 감으리.’

아무튼 당신은 독일 신학자의 학설을 잘못 이해하고 있는 것 같아요. 그분은 외면적인 삶의 무상함을 말하고는 있지만, 그것이 소멸되기를 바란 것은 아니에요. 제28장을 좀 읽어 주세요.”

내가 책을 들고 읽는 동안, 그녀는 두 눈을 감고 귀를 기울이고 있었다.

『만약에 진실로 합일이 이루어져 실재하게 된다면, 그 합일 가운데서 내적 인간은 활동하지 않고, 신은 외적 인간으로 하여금 이쪽에서 저쪽으로, 이승에서 저승으로 움직이게 하시니라. 이는 필연적으로 그렇게 되도록 되어 있고, 진실로 그렇게 되어야 하느니라. 그리하여 외적 인간은 진실로 이렇게 말하게 되리라.

'존재하는 것과 존재하지 않는 것, 사는 것과 죽는 것, 아는 것과 모르는 것, 행하는 것과 행하지 않는 것, 이런 일체의 것들은 저의 뜻이 아니옵니다. 저는 다만 필연적으로 그렇게 되도록 되어 있는 것을 행하거나 감내하면서, 받아들일 태세를 갖추고 언제나 순종하며 살아갈 따름이옵니다.'

이처럼 외적 인간은 사물의 이치를 따지지 않고, 스스로 원하는 바도 없이 다만 영원하신 분의 뜻을 따르려고 하는 것이로다. 진실로 내적 인간은 움직이지 않으며, 외적 인간이 움직이도록 정해져 있음은 이미 확인된 사실이기 때문이로다.

만약 내적 인간이 움직이며 왜라고 따지게 되는 경우가 있다면, 그것 역시 영원하신 분의 뜻에 의해 정해진 필연이며 의무라고 말할 수밖에 없으리로다. 그리하여 신이 스스로 인간이 되는 경우가 바로 바로 그와 같음이니, 이 사실을 우리는 그리스도에게서 볼 수 있도다.

하느님 빛으로부터 나와 그 빛 안에서 합일이 이루어지면 교만한 마음이나 경솔함 · 방자함이 없으며, 자유분방한 기질을 볼 수 없게 되리로다. 오직 끝없는 겸허함과 무한히 자신을 낮추는 마음, 정직함과 성실, 평등과 진실, 평화를 사랑하고 만족을 아는 마음처럼 덕성으로 간주될 만한 일체의 것이 자리하게 되느니라. 만약 이러한 덕성이 모두 갖추어지지 않는다면, 앞에서 말한 바와 같은 진실된 합일은 아님이로다.

이 세상의 어느 것도 이 같은 합일을 도와주거나 그것에 관여하지 않음과 같이, 그 합일을 교란시키거나 방해하는 것도 없느니라. 왜냐하면 그것에 큰 해를 끼치는 것은 오로지 인간 자신이 내세우는 인간의 뜻뿐이기 때문이로다. 이 점을 명심할지라.』

"이제 그만, 됐어요. 이로써 우리는 서로 이해할 수 있다고 생각해요. 얼굴도 모르는 저 미지의 선생님은 책의 다른 대목에서 좀 더 분명히 말하고 있어요.

즉 '어떤 인간도 죽음을 앞두고 동요하지 않을 수는 없다.'고요. 그리고 '아무리 신화(神化)된 인간이라도 자발적으로는 아무것도 행하지 않으며, 오진 신의 뜻대로만 움직인다.'고요. 인간은 신의 손, 또는 신이 거하는 궁전과 같은 것이라고도 했어요.

하지만 신에 사로잡힌 인간은 자신의 상태를 잘 알면서도 그것을 입 밖에 내어 말하지는 않습니다. 마치 사랑의 비밀을 간직한 것처럼, 신 안에서의 자신의 삶을 지켜가지요.

나는 가끔 나 자신이 저 창 밖으로 보이는 백양나무 같다는 생각이 들 때가 있어요. 저 나무는 저녁이 되면 잠잠해져서 잎사귀 하나도 흔들리지 않아요. 그러다 아침이 되어 바람이 불면 잎사귀들이 마구 흔들리지요. 하지만 큰 줄기와 가지는 역시 가만히 서 있어요. 그러다가 가을이 오면 흔들리던 모든 잎사귀가 떨어져 시들어버립니다. 그래도 큰 줄기만은 의연히 서서 봄이 오기를 기다리지 않을까요."라고 그녀가 말했다.

이 같은 세계에 오래도록 익숙해져 있는 그녀를, 내가 굳이 나서서 방해하고 싶지는 않았다. 나 자신도 이 같은 사념의 세계에 빠져 허우적거리다가 가까스로 도망쳐 나온 상태가 아니었던가. 뿐만 아니라 우리에게 주어진 이토록 많은 고뇌 가운데, 도저히 떼어낼 수 없이 그녀 안에 견고하게 자리 잡고 있는 몫이 올바른 선택인지도 모를 일이기 때문이었다.

이와 같이 매일 밤마다 우리에게는 새로운 화제가 등장했고, 그런 밤이 거듭될수록 이 헤아릴 수 없는 마음을 지닌 여인을 읽어내는 나의 눈도 떠졌다. 그녀는 나에게 아무런 비밀도 갖고 있지 않았다. 그녀는 자신이 생각한 일, 느낀 것을 있는 그대로 이야기했다. 그녀가 이야기하는 모든 것은 몇 년 동안 그녀의 마음속에서 키워져서인지 성숙된 느낌을 주기에 충분했다.

그녀는 마치 한 아름 따 모은 꽃을 머뭇거림 없이 잔디 위에

흩뿌리는 아이처럼, 자신이 간직한 생각을 남김없이 쏟아냈다. 하지만 나는 그녀처럼 스스럼없이 내 마음을 열어 보일 수가 없었다. 그것이 나의 마음을 한없이 무겁게 누르면서 끊임없이 괴롭혔다.

자기의 속마음을 숨겨야 하는 것이 이 사회가 우리에게 요구하는 바가 아닌가. 관습이나 예의, 체면이나 현명함, 처세술 등의 이름을 붙여 우리에게 끊임없는 광대놀음을 요구하며, 우리의 삶 전체를 일종의 가면무도회로 만들어 버렸다. 하지만 이런 광대놀음에 익숙해져 있으면서도, 진실하고 솔직한 인간 본연의 태도를 되찾기 위해 애쓰는 사람이 몇이나 되겠는가.

심지어는 사랑에 있어서조차도 솔직하게 말하거나 굳게 침묵하지 못하고, 유명한 시 구절을 동원하여 열광하거나 한숨짓는 식으로 아첨하거나 과장된 행동을 한다. 있는 그대로 받아들이고, 서로를 직시하며 헌신할 줄을 모르는 것이다.

나도 그럴 수만 있다면 '당신은 내 마음을 모릅니다.'라고 그녀에게 솔직하게 털어놓고 싶었다. 하지만 내 마음을 표현할 적당한 말이 떠오르지 않았다. 그래서 집으로 돌아오기 전에, 최근에 갖게 된 아놀드*의 시집을 그녀한테 건네면서 '묻혀진 생명'이

★ 아놀드(Matthew Arnold, 1822~1888) : 영국의 시인이자 비평가, 옥스퍼드 대학 교수 역임.

라는 시를 읽어 보라고 권했다. 이것은 나의 고백이었다.

이어서 나는 그녀의 침대 앞에 꿇어앉아 '안녕히 주무세요.'라고 말했다. 그녀도 '안녕히 가세요.'라고 대답하며 한쪽 손을 내 머리에 올려놓았다. 그러자 나의 온몸에서 마치 전류가 흐르는 듯한 전율이 느껴지면서, 어린 시절의 꿈들이 내 마음속에서 파닥이며 날아오르는 듯했다.

나는 그 자리를 바로 떠나지 못한 채 깊고 신비한 그녀의 눈을 그윽하게 바라보면서, 그녀의 마음속 평화가 그림자처럼 내 마음을 감싸기를 기다렸다. 한참을 그렇게 바라보다가, 말없이 집으로 돌아왔다.

그날 밤, 나는 사나운 바람 속에 서 있는 백양나무의 꿈을 꾸었다. 하지만 나뭇가지에 달린 잎사귀들은 전혀 흔들림이 없었다.

### 묻혀진 생명

우리 사이에 가벼운 농담이 오고 가고 있어도
나의 눈이 눈물로 젖어 있음을
그대 모르는가.
이름 지을 수 없는 슬픔이
나의 가슴을 짓누르고 있거늘.

진정, 나는 아노라
우리가 서로 농담을 주고받으며
밝은 웃음 나눌 수 있음을.
그러나 가슴속에 감추어진 그 무엇이 있으니
그대의 농담도 그것을 몰아내지 못하고
그대의 부드러운 미소도 위안을 주지 못하노라.

그리운 이여, 그대의 손을 나에게 주오.
그리하여 말없이 그대의 그 맑은 눈동자 속에서
그대의 마음속 가장 깊은 곳을 읽을 수 있도록 해주오.

아아, 진실한 사랑으로도
마음의 문을 열어
그것을 말하게 할 힘이 없는가.
사랑하는 이들조차도
진정으로 느끼는 것을
표현해 낼 힘을 갖고 있지 못하단 말인가.
나는 알고 있노라,
사람들이 자신들의 마음을 고백할 때
매정하게 거절당할 것이 두렵고
비난받을 것이 염려스러워서

자신들의 생각을 감추고 있다는 것을.
그리하여 거짓 속에 살고 행동하여
남들에게나 자신에게나 이방인으로 머물러 있음을
나는 알고 있노라.
그러나 모든 인간들 가슴속에는
똑같은 심장이 고동치고 있지 않은가!

그러나 사랑하는 이여!
그 같은 저주가 우리의 가슴과 목소리를 마비시켜
말을 못하게 한단 말인가.
아아! 단 한순간이라도
우리의 심장을 열어젖히고
입술을 묶고 있는 사슬을 풀어줄 수 있다면
행복할 것이거늘
그것을 묶고 있는 것은 운명의 장난이어라.

인간이 사소한 일에 떼를 쓰는 아이처럼 경박해지고
하찮은 일들에 몰두하며
온갖 싸움질에 빠져들어 죄업을 짓고
인간 본연의 모습을 잃어버리기도 함을
예지하고 있는 운명의 신은,

인간이 경박함을 스스로 다스려 순수한 자아를 지키고
방종 가운데서도 존재의 법칙에 따르게 하려고
보이지 않는 인생의 강에 명하여
우리 가슴속 깊은 곳을 지나
보이지 않는 물결을 따라 흘러가게 하였노라.
또한 운명의 장난으로 인해
우리의 눈은 그 묻혀진 강을 보지 못하므로
끝없이 인생의 강을 흘러가면서
불확실한 어둠 속을 한없이 표류하는
눈먼 장님 같으니라.

아, 그러나 문득
세상의 번잡스런 잡담 속에서나
싸움터나 사냥터의 소란한 투쟁 속에서도
그 묻혀진 생명을 알고 싶어 하는
말로 다할 수 없는 소망을 보라.
그것은 우리가 삶의 참된 길을 찾고자
끊임없이 솟는 힘과 강렬히 일어나는 불꽃을
모두 바치려는 격렬한 욕구이며,
마음 깊은 곳에서 이토록 세차게 고동치는
심장의 비밀을 찾아내려는

끊임없는 동경이어라.
도대체 우리의 삶이란 것이
어디서 와서 어디로 가는가를 알고자 하는
멈추지 않는 열망이어라.

많은 사람들이 자신의 가슴속을 더듬어 보건만
하지만 애석하게도
깊은 굴 속에서 찾아낸 것은 아무것도 없었노라.
우리는 수천 갈래의 길에도 서 보았고
매 길목마다에서 정신과 힘도 보았지만
그러나 단 한순간도
우리의 참된 모습을 찾지 못했노라.
가슴 깊이 흐르는 이름 모를 그 숱한 감정 중에
단 한 조각도 온전하게 표현해낼 수 없었노라.
그 감정들은 영원히 표현되지 못한 채
닿을 수 없는 세계로 흘러가 버리고 말았노라.
우리는 마음속에 숨겨진 자아를 따라
말하고 행동하려 하건만
끝내 아무 소용이 없었으며,
우리의 말과 행동은 그럴듯하지만
아, 그건 모두 진실이 아니었노라.

그리하여 헛된 마음의 싸움에 지치고
수많은 고민에 시달리다가
그것을 망각하고 마비시킬 힘을 달라고
순간을 향해 도움을 청하니,
갖가지 무해한 행위들이
지체 없이 달려와서
우리의 마음을 희미한 어둠으로 감싸노라.
그러나 때로는
영혼의 깊은 곳으로부터
가냘픈 외침이 먼 산울림처럼 들려오고,
아득히 먼 나라에서 온 것 같은
어렴풋한 우울의 그림자가
낮이나 밤이나 우리를 에워싸노라.

아, 그러나 — 아주 드문 일이지만 —
사랑하는 이의 손길이 우리의 손에 놓일 때,
무한한 시간의 광채가 몰려와서 몹시 피로했지만
우리의 눈이 상대의 눈길을 읽어낼 수 있을 때,
세상의 온갖 소음 때문에 반쯤 막은 우리의 귀에
사랑하는 이의 목소리가 울려 퍼질 때,
그때 우리 가슴속 어디선가 빗장 열리는 소리가 나고

오랫동안 듣지 못했던 감정의 맥박이
고동을 치게 되느니라.
눈이 내면을 바라보고 가슴이 평온해지면,
가슴속에서 꿈틀거리는 것은
우리의 말이 되고
진실로 원하는 건
우리의 의식이 되노라.
이제 굽이치는 인생의 강이 우리 앞에 누웠으니
강물의 속삭임이 귀에 들리고
강 위로 불어오는 가벼운 바람이 볼을 어루만지노라.
강가의 푸른 초원과
들판에 핀 온갖 꽃과 태양,
그 모든 것이 인간의 눈앞에 있노라.
헛되이 스쳐 지나가는 그림자를
끊임없이 찾아 헤맸으나
마침내 고요한 휴식이 찾아왔노라.
이제 서늘한 바람이 불어와
그의 얼굴을 스치고,
더할 수 없는 평화가 찾아와
그의 가슴에 넘쳐흐르노라.
사람들은 이제

자신의 생명을 품고 있는 언덕과

그 생명이 흘러갈 바다를

확실히 알고 있다고 생각하리라…….

# 여섯 번째 회상

다음 날 아침 일찍 나의 방문을 노크하는 소리가 나더니, 궁중의 시의(侍醫)인 나이 많은 의사가 들어왔다. 그는 작은 우리 도시 주민 모두의 친구이며, 정신과 육체를 돌봐주는 상담 선생님이었다. 그는 2대에 걸쳐 주민들의 생장(生長)을 지켜봐 온 것이다.

출산할 때 그가 받아주었던 아이들이 어느새 아버지가 되고 어머니가 되었지만, 그는 사람들 모두를 자기 자식처럼 여겼다. 그는 아직도 독신이었는데, 고령에도 불구하고 정정할 뿐 아니라 미남이라고 부를 만한 풍채를 지니고 있었다.

지금 내 앞에 서 있는 그의 모습은 내가 어린 시절부터 보아왔던 모습 그대로이다. 숱 많은 눈썹 아래로 밝고 푸른 눈이 반짝반짝 빛나고, 구불구불한 머리칼은 백발이 성성했지만 아직도 탄력 있게 물결치며 윤기가 돌았다. 또한 은장식이 달린 구두와 흰 양말, 항상 똑같은 것을 입었지만 언제 봐도 새것처럼 보이는 갈색 스웨터 등을 나는 잊을 수 없다. 또 지팡이는 어릴 적 나의 맥을 짚거나 처방전을 써줄 때 내 침대 곁에 세워두곤 했던 바로 그것이었다.

나는 잦은 병치레를 했지만, 이 의사에 대한 믿음 덕분인지 곧바로 회복되곤 했다. 그가 나를 낫게 해주리라는 점을 나는 한번도 의심한 적이 없었다. 내 몸이 아플 때마다 어머니는 의사를 불러야 되겠다고 하셨는데, 그건 마치 해진 바지를 수선하기 위해서 양복장이를 찾아가는 것과 다름없는 일이었다. 나는 약을 먹기만 해도 당장 나을 것 같은 느낌이 들곤 했다.

의사는 방 안에 들어서면서 "요즘 어떻게 지내나?" 하고 입을 열었다.

"얼굴색이 별로 좋지 않군. 공부도 너무 과하게 하면 안 되네. ……오늘은 길게 이야기할 시간이 없네. 내가 자네를 찾아온 용건은, 앞으로 다시는 백작의 영양인 마리아에게 가지 말아달라는 부탁을 하기 위해서라네. 나는 어젯밤 내내 마리아 곁에 있었는데, 그건 자네 때문이야. 그러니까 그분을 소중하게 생각한다면 다시는 방문하지 말아 주게. 될 수 있는 대로 빨리 마리아를 시골로 가게 해야 되겠어. 자네도 얼마 동안 여행이라도 하는 게 좋지 않겠나. 자, 그럼 잘 있게. 그리고 내 말을 꼭 명심해 주게."

이렇게 말한 후, 그는 내 손을 꼭 잡으며 마치 내게서 다짐이라도 받아내려는 듯 다정한 눈빛으로 나의 눈을 그윽하게 바라보았다. 그리고 나서 어린 환자들을 돌보기 위해 방을 나섰다.

타인이 그녀와 나에 대해 모든 것을 소상히 알고 있을 뿐만 아니라, 갑자기 나의 마음속 비밀 한가운데로 이토록 깊이 들어왔다는 사실에 대해 얼마나 놀랐던지 나는 한동안 멍해 있었다. 내가 정신을 가다듬었을 때는 이미 그가 큰길 쪽으로 가고 난 다음이었다.

그러나 곧 내 가슴은 마치 오랫동안 불 위에 올려놓아 조용히 달아올랐다가 돌연 끓기 시작하는 물처럼, 갑자기 터지도록 부글부글 끓어오르기 시작했다.

그녀를 다시 만나면 안 된다니 — 나는 그녀 곁에 있을 때만 진정으로 살아 있음을 느낀다. 나는 한 마디도 말을 건네지 않을 것이다. 그녀가 잠들어서 꿈을 꾸는 동안 그냥 창가에 서 있기만 할 것이다. — 그런데 그녀를 만나면 안 된다고? 작별 인사조차 하지 못했는데…….

그녀는 알지 못한다. 내가 자기를 사랑한다는 사실을……. 알 까닭이 없다. 아, 하긴 나도 그녀를 사랑하는 것은 아닐 것이다. 나는 그녀를 탐하지 않는다. 아무것도 희망하지 않는다. 실로 그녀 곁에 있을 때처럼 내 심장이 평온히 뛰는 적이 없지 않은가. 하지만 나는 그녀가 곁에 있음을 느끼지 않고는 견딜 수가 없다. 그녀의 맑은 영혼을 호흡하지 않고는 숨이 막혀 죽을 것만 같다. 그녀에게 가야만 한다! 그녀도 나를 기다릴 것이다.

운명은 아무런 목적도 없이 우리 둘을 만나게 한 것일까? 내가 그녀에게 위안을 주고, 그녀가 나의 안식처가 되어선 안 된단 말인가? 인생이란 유희가 아니지 않은가. 두 영혼의 만남이란 것이 소용돌이치는 열풍에 의해 모였다가 다시 흩날리는 저 사막의 모래알처럼 그렇게 가벼운 건 아니지 않은가.

행운의 신이 마주치게 해준 영혼을 우리는 놓치지 말아야 한다. 왜냐하면 그 영혼들은 진실로 운명적인 존재들이니까. 만약에 그것을 위해 살고 싸우며 죽을 만한 용기가 있다면, 어떠한 힘도 그들을 갈라놓지 못할 것이다. 오래도록 나무 그늘 밑에서서 사랑하는 이를 그리워하며 행복한 꿈을 키워 오다가 첫 번째 뇌성에 놀라 나무를 떠나가듯, 이제 내가 이렇게 그녀에 대한 사랑을 포기한다면 그녀는 나를 경멸할 것이 분명하다.

그러자 갑자기 내 마음속이 평온해지더니, 오직 '그녀의 사랑'이라는 말만 귓가에 맴돌았다. 스스로 흠칫 놀랄 지경으로, 그 말은 내 마음 온 구석구석에서 메아리처럼 울렸다. '그녀의 사랑' — 내게 어디 그럴 만한 자격이 있는가? 사실상 그녀는 나를 거의 모르고 있다. 설혹 그녀가 나를 사랑할 수 있다 하더라도, 나 자신 천사의 사랑을 받을 만한 자격이 없음을 그녀에게 고백해야 하지 않을까?

푸른 하늘로 비상하려 하지만 자신을 둘러싼 새장을 못 보는 새처럼, 내 마음에서는 온갖 상념과 희망이 훌쩍 떠올랐다가 속절없이 가라앉곤 했다. 하지만 이 모든 행복이 이토록 가까이 있는데, 어째서 그곳에 닿을 수는 없단 말인가!

신은 기적을 행할 수 없는 것일까? 신은 매일 아침마다 기적을 내리고 있지 않은가. 내가 온전한 믿음으로 그에게 의지하며 간구하면, 신은 내 기도를 종종 들어주시지 않았는가⋯⋯.

우리가 원하는 것은 이 세상의 보배가 아니다. 우리는 다만, 서로를 발견하고 알아본 두 영혼이 손을 잡고 마주 바라보면서 이 짧은 지상의 여행을 함께할 수 있도록 허락해 달라는 것뿐이다. 그래서 목적지에 도달할 때까지 그녀가 힘들어하면 의지가 되어 주고, 그녀는 나에게 위안을 주며 서로를 배려하는 관계로 머물기를 원할 뿐이다.

그리하여 만약에 그녀의 삶에 또 한 번의 봄이 약속된다면, 그래서 그녀의 고통이 덜어지게 된다면 — 오, 그때 내 눈앞을 스치고 지나간 아름답고 행복한 정경들이여!

돌아가신 그녀의 어머니는 그녀에게 티롤에 있는 성채를 남기셨다 — 푸른 산들, 신선한 공기, 건강하고 소박한 마을사람들이 있는 그곳에서 산다면, 세상의 온갖 번잡함과 괴로움에서 벗어날 수 있을까? 시기하는 자와 비난하는 사람들이 없는 그곳에서 산다면, 우리는 평안한 마음으로 삶을 예찬하며 행복한 황혼을 맞이할 수 있을까? 저녁노을처럼 말없이 사라질 수 있을까?

그때 나는 반짝반짝 빛나는 물결로 가득한 검푸른 호수를 보았고, 그 안에 비친 눈 덮인 먼 산의 투명한 그림자를 보았다.

이웃고 내 귀에는 양떼들의 방울 소리와 목동들의 노랫소리가 들려왔다. 또 총을 멘 포수들이 산을 넘어가고 있는 모습과, 저녁이면 마을에 모여 있는 노인들과 젊은이들을 보았다. 그리고 그녀는 가는 곳마다 평화의 천사처럼 축복을 내리며 지나갔다. 나는 그녀의 친구요, 안내자였다.

'역시 넌 바보야!'라고 나는 소리쳤다. '바보 같은 녀석! 넌 지금 몹시 흥분하고 있으며, 감상에 젖어 있구나! 정신 차려! 네가 누구인지, 그녀에게서 얼마나 동떨어진 존재인지를 생각해 봐라.'

그녀는 상냥하고, 타인의 마음속에 자신을 비추어 보기를 좋아한다. 하지만 그녀의 어린아이 같은 천진함과 순진성이야말로 그녀가 너에게 특별한 감정을 갖고 있지 않음을 가장 잘 보여주는 것이 아니냐. 어느 맑은 여름밤에 너도밤나무 숲을 홀로 거닐 때, 달이 모든 나뭇가지와 잎사귀에 은빛 가루를 뿌리는 것을 너는 보지 않았느냐. 달은 어둡고 탁한 연못에도 빛을 비추고, 아무리 작은 물방울에도 그림자를 머물게 하지 않더냐. 이와 마찬가지로 그녀의 눈빛 또한 너의 어두운 삶에 눈길을 보내고 있는 것이다. 그리하여 너 역시도 그녀의 정다운 눈빛을 네 가슴에 간직하고 있겠지. 그러나 그 이상의 따뜻한 눈빛을 기대하는 것은 어리석은 짓이다…….

이때 갑자기 그녀의 모습이 생생하게 내 눈앞에 나타났다. 그녀는 기억 속의 상(像)이 아니라 하나의 환상처럼 내 앞에 서

있었다. 그리고 나는 처음으로 그녀가 얼마나 아름다운가를 깨달았다. 그것은 예쁜 소녀의 경우처럼 처음에는 우리를 현혹시키다가 얼마 지나지 않아 봄꽃처럼 바람에 흩날려 없어지는 그런 빛깔이나 형태의 아름다움이 아니었다. 그 아름다움은 그녀가 가진 모든 것의 조화에서 비롯된 것이었다. 그것은 동작 하나하나에서 나오는 진실이며, 정신화된 또 다른 표정이었다. 육체와 정신이 완전하게 융합된 아름다움은 그것을 바라보는 사람들을 더없이 행복하게 한다.

자연이 아낌없이 나누어 주는 아름다움은 그것을 받는 인간이 노력하여 쟁취하지 않으면 완전히 자기 것이 될 수 없으므로, 이를 극복하지 못할 경우에는 만족감을 주지 못한다. 이를테면 여배우가 여왕의 차림을 하고 무대에 나타났는데, 그녀에게 어울리지 않을 뿐 아니라 걸음을 옮길 때마다 의상이 거치적거려서 완전하게 소화하지 못한 것이 눈에 띄면 그 아름다움이 도리어 방해가 되기도 하는 것이다.

참된 아름다움이란 우아함이며, 우아함은 모든 압박과 육체적 · 세속적인 것이 정신화된 모습을 보여 준다. 그것은 추함을 아름다움으로 바꾸는 정신의 현존인 것이다.

그렇게 내 앞에 서 있는 환상을 보면 볼수록, 그 모습 전체에서 내뿜는 고귀한 아름다움과 온몸에 스며 있는 정신의 깊이가 느껴졌다. 오, 하늘이 내려준 이 큰 축복이 바로 내 곁에 있단 말인가!

그러나 이 모든 것은 지상에서 누릴 수 있는 행복의 절정을 나에게 보여주고 나서, 나를 인생의 넓은 사막으로 영원히 내팽개치는 과정에 불과했던 것이다.

오, 차라리 이 땅에 보물이 감추어져 있음을 몰랐더라면 좋았을 것을! 한 번의 사랑이 찾아온 뒤에 영원히 고독해져야 한단 말인가! 한 번 빛을 보고 난 뒤에 영원히 눈먼 장님이 되어야 한단 말인가! 이것은 고문이다. 인간이 행하는 어떤 고문도 이 고문에 비하면 실로 아무것도 아니다.

나의 상념은 이와 같이 미친 듯이 뻗어나갔다. 그러다가 마침내 모든 것이 잠잠해졌고, 소용돌이치던 갖가지 상념들도 차츰 가라앉아 차분해졌다. 사람들은 이러한 차분함과 망연함의 상태를 명상(冥想)이라고 부르는지도 모른다. 하지만 그것은 오히려 마음의 상태를 들여다보는 관찰과 같은 것이다.

온갖 상념들을 마음 가는 대로 뒤섞이도록 시간을 허용하면, 마침내 그것들은 저절로 영원한 법칙에 따라 결정체를 이루게 된다. 이 같은 과정을 화학자처럼 관찰해 보면, 여러 요소들이 융합하여 하나의 형태를 만들어 감을 알 수 있다. 그런데 그것들이 예측했던 것과는 전혀 다른 별개의 물체가 되어 있는 것을 보고, 우리는 기이하다고 여기며 놀라기 마련이다.

내가 이처럼 망연한 상태에 있다가 눈을 뜨면서 입 밖에 낸 첫마디는 '여행을 떠나자.'는 것이었다. 그와 동시에 나는 책상 앞에 앉아 '2주일 동안 여행을 할 테니까 모든 뒷일을 잘 부탁한다.'는 내용의 편지를 시의(侍醫)에게 썼다. 그리고는 부모님께 말씀드릴 적당한 핑계의 말을 생각해 냈다.

그날 저녁때, 나는 티롤을 향해 출발했다.

# 일곱 번째 회상

친구와 손을 잡고 티롤 지방의 산과 계곡을 돌아본다면, 우리는 거기서 더없는 삶의 활력소를 얻는 것은 물론이고 마음의 위안을 받을 것이다.

하지만 아무리 아름답고 시원한 느낌을 주는 곳이라 해도 망연한 상념에 젖어 혼자 쓸쓸하게 헤맨다면, 그것은 정말이지 시간의 낭비일 뿐이다. 저 푸른 산과 어두운 계곡, 세차게 쏟아지는 폭포가 도대체 내게 무슨 소용이 있겠는가.

내가 그런 것들을 바라보며 감상하는 대신에, 그것들이 오히려 풀죽어 있는 내 모습을 구경하면서 의아스럽게 여기는 것만 같다. 내 곁에 있기를 원하는 이가 온 세상에 단 한 사람도 없다고 생각하면, 견딜 수 없을 만큼 가슴이 조여든다.

매일 아침, 이런 생각을 하면서 나는 잠에서 깨어났다. 그리고 머리에서 떠나지 않는 노래처럼 이런 생각들이 하루 종일 달라붙어 떠날 줄을 몰랐다.

그리고 저녁이 되어 지친 몸을 이끌고 여관으로 돌아와 털썩 주저앉으면, 방에 있던 사람들이 외로운 나그네의 행색을 의아해 하며 바라보는 것이었다. 그러면 나는 또다시 견딜 수 없어 하며, 어두운 집밖으로 다시 나갔다가 밤이 이슥해지면 살며시 돌아와서 내 방으로 기어 올라가곤 했다. 후텁지근한 침대에 몸을 던지면, 온갖 생각들이 뇌리를 스쳐 지나갔다. 눈을 감으면 잠들 때까지 슈베르트의 가곡 '그대 없는 곳에 행복이 있네'★가 마음속에서 울려 퍼지곤 했다.

어디를 가나 경이로운 자연을 바라보며 환호하고 떠들어대는 사람들로 들끓었다. 이런 사람들과 부딪치는 것이 아무래도 견딜 수가 없어, 마침내 나는 다른 방법을 생각해 낼 수밖에 없었다. 그래서 택한 방법이 낮에는 잠을 자고, 달이 밝은 밤엔 여기저기를 헤매면서 돌아다니는 것이었다.

그렇게 하다 보니 최소한 괴로운 상념을 몰아내고 생각을 다른 데로 돌리게 하는 한 가지 느낌이 나를 붙잡았다. 그것은 공포감이었다.

누구든 길도 모르는 낯선 산 속을 밤새도록 혼자 헤매 보면 알게 될 것이다. 우리의 눈은 부자연스럽게 민감해져서 도저히 알아볼 수 없는 먼 곳의 형체까지 시야에 들어온다. 또한 귀까지

★ 게오르크 슈미트 폰 뤼베크 작사 〈나그네의 저녁노래〉의 마지막 구절.

병적으로 긴장하여 어디서 들려오는지도 모를 잡다한 소리를 듣게 된다. 그리고 발은 바위 틈새에서 갑자기 불거져 나온 나무 뿌리에 채이거나 폭포의 물보라에 의해 적셔진 길에서 미끄러지곤 한다.

그뿐인가. 가슴에는 위안 받을 길 없는 황량함만 가득 차고, 마음 따스해지는 기억이나 매달리고 싶은 희망도 없다. 이런 여행을 시도해 봐라. 그러면 당신은 차가운 밤의 전율을 안팎으로 온전하게 느끼게 될 것이다.

사람에게 찾아오는 최초의 공포는 신에게서 버림받는 일이다. 그러나 일상의 생활은 그러한 공포를 몰아낸다. 바로 신의 모습을 본떠 창조된 인간이 외로움에 지친 우리를 위로해 주기 때문이다. 그러나 인간의 따스한 위로와 사랑이 떠나가면, 우리는 신과 사람으로부터 버림받는다는 것이 어떤 것인지를 뼈아프게 깨닫게 된다.

그때는 말없는 시선으로 우리를 바라보는 자연마저도 우리를 위로하기는커녕 도리어 두렵게 만든다. 우리가 아무리 단단한 바위에 힘껏 발을 딛고 서 있어도, 그 바위가 생성되기 전의 모습인 바다 속 먼지로 되돌아가서 무너질지도 모른다는 생각이 드는 걸 어쩌겠는가. 우리의 눈이 빛을 찾고 있을 때 마침 전나무 숲 뒤로 떠오른 달이 뾰족뾰족한 나무 그림자들을 환한 암벽에다 비쳐 주면, 태엽을 감아 주었지만 멈춰 버린 시계의 죽은 바늘처럼 보이기도 하는 것을 어쩌겠는가. 별을 바라보아도, 광활한 하늘을 우러러보아도 외롭고 쓸쓸하게 떨고 있는 영혼이 쉴 곳은 그 어디에도 없지 않은가.

다만 한 가지 생각만이 가끔 우리를 위로해 준다. 그것은 자연의 의연함과 질서이며, 무한성과 필연성이다.

여기, 폭포 양쪽 기슭으로 검푸른 이끼가 덮인 회색 빛 바위가 놓여 있으며, 바위가 드리운 그늘 아래에 한 떨기 푸른 물망초가 피어 있다. 그것은 이 지상의 모든 갯가와 초원에 피어 있을 뿐 아니라, 천지창조 이래 끊임없이 만발하며 이 땅 위에 뿌려졌던 수백만 자매 꽃들 중 한 송이에 불과하다. 그러나 그 꽃잎의 아무리 작은 점도, 꽃받침 안의 온갖 꽃술도, 뿌리에 뻗은 한 올 한 올의 섬유질도 한결같이 일정한 수로 정해져 있어, 그 어떤 힘도 그것을 늘이거나 줄이지 못한다.

우리의 둔한 눈을 날카롭게 하여 초인적인 힘으로 자연의 비밀 속에 시선을 깊게 던져 보아라. 현미경이 씨앗과 꽃봉오리와 꽃의 감추어진 공장들을 열어 보이면, 그 섬세하기 이를 데 없는 조직과 세포 안에서 우리는 무한히 반복되는 형태를 발견하게 될 것이다. 또한 미세한 섬유질 안에서 자연 설계의 영원한 불가변성(不可變成)을 깨닫게 될 것이다.

만약 우리가 이보다도 더 깊게 파고든다면 곳곳에서 이와 동일한 형태를 발견하게 되어, 마치 거울로 둘러싸인 방 속에 들어

선 것처럼 그 무한성에 갈피를 잡지 못할 것이다. 그토록 무한한 세계가 이 작은 꽃송이 안에 들어 있는 것이다.

고개를 들어 창공을 보라. 거기에도 영원한 질서가 자리 잡고 있음을 볼 수가 있다. 위성은 유성의 주위를, 유성은 항성의 주위를, 항성은 또 다른 항성의 주위를 맴돈다. 눈을 더욱 날카롭게 뜨고 바라보면 저 아득한 성운(星雲)마저도 새롭고 아름다운 세계로 다가올 것이다.

생각해 보라. 저 장엄한 성좌(星座)가 흘러 다니며 이룩해내는 우주의 역사(役事)를. 별들이 운행하여 사계절을 낳고, 물망초의 씨앗이 반복해서 싹을 틔우고, 세포가 열려 꽃잎이 돋아나면 마침내 꽃무늬 가득한 융단이 초원 위에 펼쳐지지 않는가.

푸른 꽃받침 속에서 흔들리며 움직이는 딱정벌레를 보라. 그것들이 생명체로 깨어나 한 시기를 살면서 생명을 호흡하는 것은, 꽃의 조직이나 생명 없는 천체의 기구보다도 더욱 놀라운 것이다.

그대 자신도 이와 마찬가지로 영원한 조직 속에 속해 있음을 생각해 보라. 그리하면 그대와 더불어 지구를 운행하고, 그대와 함께 살며, 그대와 함께 시들어 가는 저 무한한 피조물들이 떠오르면서 마음에 위로를 받을 수 있을 것이다.

그러나 가장 하찮은 것에서 가장 위대한 것까지 — 미세한 것이나 거대한 것 모두가 — 지혜와 힘을 지니고 있으며, 생성의 기적 또는 존재의 기적을 모두 포괄한 어떠한 존재의 소산(所産)이 아니겠는가. 그것은 그대의 영혼이 두려워하며 머뭇거리거나 피하는 대상이 아니라, 자신의 나약함과 보잘것없음을 느끼면서 꿇어 엎드리고, 그의 사랑과 자비함을 느껴 다시금 그를 향해 일어서게 하는 그런 존재인 것이다.

꽃의 세포와 별의 세계, 딱정벌레의 생성보다 더 무한하고 영원한 것이 그대 안에 살아 있음을 느낀다면 — 그대의 내부에 마치 그림자 같은 영원한 분의 광채가 두루 비침을 깨닫는다면 — 그대의 내면과 그대의 발 밑 그리고 머리 위에서 그대의 가상(假像)을 실재(實在)로 만들고, 그대의 불안을 평안으로 만들며, 그대의 고독을 보편(普遍)으로 만드는 실재자가 널리 존재함을 느낀다면, 그대가 삶의 어두움 속에서 누구를 향해 소리쳐 부르는지를 깨닫게 될 것이다.

'하늘에 계신 우리 아버지, 당신의 뜻이 하늘에서 이루어진 것같이 땅에서도 이루어지소서. 땅에서 이루어진 것같이 내게도 이루어 주옵소서.'

이윽고 그대 마음과 주변이 밝아지고, 새벽의 어둠이 차가운 안개와 더불어 걷히면, 새로운 따스함이 자연 속에 가득 퍼질 것이다. 그대는 이제 다시는 놓지 않을 하나의 손을 발견할 것이다. 그 손은 산이 흔들리고 달과 별이 사라져 없어져도 그대를 지켜줄 것이다.

그대가 어디에 있든지 그대는 그분 곁에 있으며, 그분 역시 그대 곁에 계신다. 그분은 영원히 가까이 계시는 분으로, 꽃과 가시를 포함한 이 세계가 그의 것이며, 기쁨과 슬픔 또한 모두 그의 것이다.

'신의 뜻이 아니라면, 그 어떤 작은 일도 네게서 일어나지 않느니라.'

이러한 상념에 잠긴 채 나는 계속 헤매면서 길을 걷고 있었다. 마음은 밝게 개었다 어두워졌다 하며 순간순간 바뀌었다. 마음 깊은 곳에서 안식과 평안을 찾았다 해도, 이 성스러운 은둔생활을 계속하는 것은 결코 쉬운 일이 아니었기 때문이다. 그렇지 않은가. 안식과 평안을 발견한 뒤에도, 우리는 곧잘 많은 부분을 망각하고 안식과 평안으로 되돌아갈 길을 찾지 못해 쩔쩔매지 않는가.

몇 주일이 흘렀다. 그녀로부터는 아무런 소식도 들려오지 않았다.

'어쩌면 그녀는 이미 영원한 안식처로 떠났는지도 모른다.'

이것은 내 입가에서 뱅뱅 돌며, 아무리 밀어내려 해도 다시 되돌아오는 또 하나의 노래였다. 그건 충분히 일어날 수 있는 일이었다.

의사의 말로는, 그녀는 심장병을 앓고 있기 때문에 자기도 매일 아침 그녀에게 갈 때마다 이미 그녀가 세상을 떠났을 수도 있다는 각오를 한다고 하지 않았는가.

그렇다면 그녀와 작별 인사도 하지 못하고, 그녀를 사랑한다는 말을 끝내 하지 못한 채 그녀가 세상을 떠나 버린다면 — 그런 나를 나 자신이 용서할 수 있겠는가? 저 세상까지라도 그녀를 뒤쫓아 가서 그녀도 나를 사랑하고 있으며, 나를 용서해 준다는 말을 듣지 않고도 견뎌낼 수 있을까?

사람이란 존재는 어째서 자신의 삶을 유희처럼 바라보는 것일까. 오늘이란 날이 이 세상에서 마지막 날이 될 수도 있고, 시간을 잃어버리는 것은 곧 영원을 잃는 것임을 생각하지 않고, 어찌하여 사람들은 자신이 행할 수 있는 최선의 것과 누릴 수 있는 최고의 아름다움을 하루하루 미루고 있단 말인가.

이러한 생각이 떠오르자, 내가 마지막으로 시의(侍醫)를 만났을 때 그가 하던 말이 생생하게 떠올랐다. 동시에, 내가 갑자기 여행을 떠날 결심을 한 것은 단지 내가 강하다는 것을 과시하기 위함이었음을 깨달았다. 거기 머물러 그에게 나의 나약함을 보이는 것이 너무 힘들었기 때문에…….

이제 모든 것이 분명해졌다. 내게 주어진 의무는, 지체 없이 그녀에게 되돌아가 하늘이 우리에게 주신 모든 것을 감내하는 것이었다. 그러나 돌아갈 작정을 했을 때, 갑자기 의사의 다음과 같은 말이 떠올랐다.

'될 수 있는 대로 빨리 마리아를 시골로 가게 해야 되겠어.'

그녀 자신도 '여름이면 대개 성에서 지낸다.'고 내게 말한 적이 있었다. 어쩌면 그녀는 그 성에, 여기서 아주 가까운 곳에 와 있을 것이다. 하루면 그녀에게로 갈 수 있다. 이런 생각이 들자, 나는 즉각 행동으로 옮겼다. 동이 트자마자 출발했고, 저녁때쯤 성문 앞에 닿았다.

그날 저녁은 유난히 고요하고 밝았다. 산봉우리들은 저녁노을을 받아 금빛으로 반짝이고, 산허리는 푸른빛으로 물들어 있었다. 골짜기에서는 회색 안개가 피어오르다가 위로 떠오르더니 갑자기 환해졌다. 하늘은 마치 구름바다처럼 물결쳤으며, 물결이

잔잔하게 일렁이는 어두운 호수의 수면 위로 찬란한 햇빛이 비치고 있었다. 호수의 기슭에서 오르락내리락하던 산줄기들은 물결을 따라 높아졌다 낮아졌다 하는 것처럼 보였다. 한참 만에 나뭇가지들과 교회의 첨탑, 집집마다 내뿜고 있는 연기들을 찬찬히 훑어본 다음에야 현실 세계와 호수의 수면에 비친 그림자를 가까스로 구별할 수 있을 정도였다.

그러나 나의 눈길은 오로지 한 곳으로만 향하고 있었다. 그것은 '거기 가면 그녀가 와 있을 것'이라고 나의 예감이 말해준 고성(古城)이었다. 하지만 불이 켜진 창문은 하나도 보이지 않았고, 황혼의 정적을 깨뜨리는 발소리 하나도 들려오지 않았다. 내 예감이 빗나간 것일까.

나는 천천히 첫 번째 성문을 통과한 다음 계단을 올라 성의 안마당으로 들어섰다. 그곳에서는 보초가 왔다 갔다 하고 있었다. 나는 보초가 서 있는 곳으로 급히 달려가, 성에 누가 와 있느냐고 물었다.

"백작 영양과 그 시종들입니다."

나는 대답을 듣자마자 현관 앞으로 달려가서 초인종을 눌렀다. 하지만 그때서야 비로소 내가 하고 있는 행동이 무엇인지를 깨달았다.

여기엔 나를 아는 사람이 아무도 없고, 내가 누구라고 말할 수도 없다. 게다가 몇 주일 동안이나 산 속을 헤맨 나는 거지나

다름없는 몰골을 하고 있었다.

뭐라고 말을 해야 하나? 누구를 찾아야 하는 거지? 그러나 미처 생각을 정리하기도 전에 문이 열리면서 제복을 입은 문지기가 나타나 의아스런 표정으로 나를 바라보았다.

나는 영양 곁을 줄곧 지키며 시중을 들어왔던, 그 영국 부인이 성에 와 있느냐고 물었다. 문지기가 고개를 끄덕이는 걸 보고, 나는 종이와 펜을 빌려서 간단하게 메모를 했다. 그리고는 '영양께서 어떻게 지내시는지 궁금해서 왔다.'고 적은 쪽지를 그녀에게 전해 달라고 부탁했다.

문지기는 하인을 부른 다음, 편지를 안으로 갖고 올라가게 했다. 그가 긴 복도를 한 걸음 한 걸음 걷는 소리가 들려왔다. 이렇게 초조한 마음으로 기다리고 있는 내 처지가 견딜 수 없이 비참하게 느껴졌다.

벽에는 후작 집안 선조의 초상화들이 걸려 있었다. 완전 무장을 한 기사, 성장(盛裝)을 한 부인, 그리고 한가운데는 붉은 십자가를 가슴에 늘어뜨리고 흰 수녀복을 입은 여인의 초상화가 걸려 있었다. 그간 나는 이러한 초상화를 수없이 보아왔지만, 그들의 가슴에서 인간적인 감정이 용솟음쳤던 적이 있었으리라고 생각해 본 적은 한번도 없었다.

그런데 지금 갑자기 그들의 모습을 보고 있노라니, 그들이 말하고자 하는 모든 것을 그들의 표정에서 읽어낼 수 있을 것 같은 느낌이 들었다. 그들은 나를 향해, '우리도 한때 살아 있었고, 우리도 한때 괴로워했었다.'고 말하는 것만 같았다.

지금 내 가슴속에 감춰진 것과 같은 비밀들이 이 철갑 옷 아래에도 숨어 있었으리라. 이 흰 수녀복과 붉은 십자가는, 지금 내 가슴속에서 휘몰아치고 있는 것 같은 치열한 갈등이 그 여인의 가슴에도 있었다는 산 증거처럼 여겨졌다.

그렇게 생각해서인지 그들 모두가 측은한 눈빛으로 나를 보는 것만 같았다. 하지만 이내 다시 오만한 표정을 지으며, '너는 우리에게 속해 있지 않아.'라고 말하는 것 같기도 했다.

시간이 지남에 따라 점점 더 참담하고 두려운 기분에 휩싸여 있을 때, 갑자기 들려온 나직한 발소리가 나를 흔들어 깨웠다. 영국 부인이 계단을 내려와 나를 한 방으로 안내했다.

나는 혹시나 이 부인이 내 마음속에서 일어나고 있는 일을 눈치채고 있지 않나 싶어 그녀의 태도를 살펴보았다. 하지만 그녀의 표정은 담담했다. 그녀는 필요 이상의 관심을 드러내거나 불편해 하는 기색 없이 차분한 어조로 말했다. 영양께서는 오늘 한결 상태가 나아지셔서 반시간 뒤에 나를 만나고자 하신다는 것이었다.

수영을 잘하는 사람은 바다를 두려워하지 않는다. 때문에 피곤이 몰려올 때까지 되돌아갈 생각을 하지 않고 한없이 멀리 나간다. 팔에 힘이 빠질 때쯤에야 비로소 너무 멀리 나왔다는 것을 깨닫고 허겁지겁 파도를 가르며 허우적거리지만, 해변은 아득히 멀기만 하다. 하지만 그 사실을 스스로 인정하려 들지 않는다. 마침내 머리가 멍해지고 손발에 경련까지 일어나 자신의 처지를 의식할 힘조차 없을 만큼 축 처져 버렸을 때, 발이 갑자기 땅에 닿으면서 자신이 해변에 있는 바위를 움켜잡고 있음을 느낀다. 부인의 말을 들었을 때의 내 기분이 바로 그러했다.

새로운 현실이 나를 맞이하고 있었다. 지금까지의 번뇌는 한여름 밤의 꿈이었다. 이러한 순간은 사람의 일생에서 그리 흔히 찾아오는 것이 아니다. 수많은 사람들이 이 같은 기쁨을 느끼지 못한 채 세상을 떠난다. 하지만 난생 처음으로 자식을 품에 안은 어머니, 전쟁터에서 공을 세우고 돌아오는 외아들을 맞이한 아버지, 자기 나라 국민들에게 갈채를 받은 시인, 사랑하는 애인에게 뜨거운 손을 내밀었을 때 뜨거운 키스 세례를 받은 청년 — 이들은 꿈이 현실로 이루어진다는 게 무엇인지를 알 것이다.

길게만 느껴지던 30분이 지났다. 이윽고 한 명의 하인이 와서 나를 안내했다. 수많은 방들을 지나 한 방문을 열자, 황혼의 어스름한 빛 속에 하얗게 앉아 있는 사람의 실루엣이 보였다. 그녀의 머리 위에 있는 높은 창문 밖으로 호수와 노을 진 산들이 그림처럼 펼쳐져 있었다.

"참으로 이상한 만남이네요."

그녀의 맑은 목소리가 나를 맞이했다. 그녀의 말은 한마디 한

마디가 마치 무더운 여름날에 내리는 시원한 빗방울 같았다.

"이상한 만남도 있지만, 이상한 이별도 있어요." 하고 말하며, 나는 그녀의 손을 잡았다. 우리가 다시 만나 이렇게 함께 있다는 사실이 온몸으로 전해져 왔다.

"하지만 헤어지는 것은 사람들 자신의 죄예요."

마치 말을 반주하는 듯한, 음악처럼 흐르는 그녀의 목소리가 방 안에 울려 퍼지자 분위기가 한결 부드러워졌다.

"그래요. 정말 그렇습니다. 그런데 한 가지 여쭈고 싶은 것이 있습니다. 몸은 어떻습니까. 이렇게 앉아 얘기를 해도 괜찮은 건가요?"

그러자 그녀가 미소를 지으며 말했다.

"그건 말이에요……당신도 알다시피 나는 늘 아프답니다. 내가 기분이 좀 괜찮다고 말하는 것은, 단지 저 나이 드신 의사 선생님을 기쁘게 해주고 싶어서예요. 왜냐하면 그분은 내가 지금까지 이렇게 살아 있는 것이 전적으로 자신과 자신의 의술 때문이라고 믿고 계시거든요. 이번에 저쪽 성을 떠나기 바로 전에, 내가 그분을 정말 깜짝 놀라게 해드렸어요. 어느 날 밤에 내 심장의 고동이 갑자기 멎어 버렸거든요. 이제 다시는 심장이 회생되지 못할 거라고 여겨질 만큼 위급한 상황이었어요. 어쨌든 이건 지나간 일이에요.

그런데 내가 지금 이런 얘기를 하는 것은, 마음에 걸리는 일이 있기 때문이에요. 나는 그간, 언제든지 평화롭게 눈을 감을 수 있다고 믿고 있었어요. 그런데 지금은 나의 병고가 이 세상과의 이별을 아주 힘들게 할 것 같은 느낌이 들거든요."

그녀는 자신의 가슴에 손을 얹으며 말을 이었다.

"그런데 당신은 도대체 어디 가 계셨어요? 얘기 좀 해주세요. 왜 편지 한 장도 보내지 않았나요? 의사 선생님은 당신이 갑작스럽게 여행을 떠난 것에 대해 이런저런 이유를 늘어놓으셨어요. 그래서 나는 결국 그분에게 '선생님 말을 못 믿겠다.'고 말했어요. 그랬더니 나중에는 더욱더 믿을 수 없는 이유를 들지 뭐예요. 그게 무엇인지 맞춰 보세요."

"그 이유가 믿을 수 없는 것으로 보일 수도 있겠지요."

나는 그녀가 그 말을 입 밖에 내지 못하게 하려고 얼른 말을 가로챘다.

"하지만 그 이유는 진실이었을 겁니다. 그러나 그것도 다 지난 일입니다. 이제 그런 이야기는 할 필요도 없지 않습니까?"

"그렇지 않아요. 어째서 그것이 지난 일인가요? 당신이 갑자기 여행을 떠난 이유를 의사 선생님이 나에게 말했을 때, 나는 '당신들 둘 다 이해할 수 없다.'고 그분한테 말했어요. 나는 병들고 의지할 곳 없는 사람이에요. 이 세상에서의 나의 삶이란 서서히 죽어가고 있는 것에 불과해요.

만약에 하늘이 그런 나에게, 나를 이해해 주는, 아니면 의사 선생님 말처럼 나를 사랑하는 한두 사람을 보내셨다면, 어째서 그것이 나와 그들의 평화를 깨뜨리는 일이 되는 것일까요?

의사 선생님이 자신의 마음을 털어놓았을 때, 나는 마침 내가 좋아하는 노(老)시인인 워즈워드*의 시집을 읽고 있었어요. 그래서 의사 선생님께 이렇게 말했어요.

'선생님, 우리는 수없이 많은 생각을 품고 있지만 어휘력이 부족해서 표현은 아주 조금밖에 하지 못해요. 그러니까 한마디 한마디에다 많은 생각을 담지 않을 수가 없어요. 우리를 모르는 사람에게 '그 젊은 친구가 나를 사랑하고 있다.'든지, 아니면 '내가 그를 사랑한다.'고 말했다면 그 사람은 아마 로미오가 줄리엣을, 또는 줄리엣이 로미오를 사랑하는 것 같은 그런 사랑을 떠올릴 거예요. 그렇다면 선생님이 저보고 '그래서는 안 된다.'고 반대하는 것이 당연하겠지요.

하지만 선생님, 선생님도 저를 사랑하시고, 저도 선생님을 좋아하잖아요. 아주 오래 전부터 저는 선생님을 사랑하고 있지만, 한번도 그런 말을 입 밖에 낸 적이 없어요. 그렇다고 해서 제가 절망하거나 불행했던 적은 한번도 없었어요.

그래요, 선생님. 좀 더 말하겠어요. 선생님은 저에게 불행한

★ 워즈워드(William Wordsworth, 1770~1850) : 영국을 대표하는 낭만주의 계관시인.

사랑을 느끼고 계신 모양이에요. 그래서 우리의 그 젊은 친구를 질투하고 있는 게 아닐까요. 선생님께서는 나의 상태가 아주 좋은 것을 알면서도 매일 아침 어김없이 오셔서 어떠냐고 묻곤 하시지요. 선생님 집 정원에서 가장 예쁜 꽃을 꺾어다 주시기도 하구요. 내 사진도 달라고 하셨지요? 그리고 — 어쩌면 이 말은 하지 않는 게 좋을지 모르지만 — 지난번 일요일에 내 방에 들어왔을 때 내가 잠들어 있다고 생각하셨지요? 나는 정말 잠들어 있었어요. 아니, 움직일 수 없었던 거죠. 그러나 난 선생님께서 내 침대 곁에 앉아 오랫동안 나를 바라보고 계시는 것을 알고 있었어요. 그때 나는 내 얼굴에 어른거리는 햇빛처럼 선생님의 그 눈빛을 느끼고 있었어요. 그러다가 선생님의 눈에 눈물이 고이더니 마침내는 눈물방울이 뚝뚝 떨어졌어요. 선생님은 얼굴을 두 손에 묻고 큰 소리로 흐느껴 울면서, '마리아, 마리아!' 하고 부르셨어요.

선생님, 우리의 그 젊은 친구는 내게 그런 적이 없어요. 그런데도 선생님은 그를 멀리 가게 했단 말이에요.'

내가 늘 하는 식으로, 농담 반 진담 반으로 이렇게 얘기했지만,

나는 이 말이 의사 선생님의 마음을 몹시 힘들게 했음을 깨달았어요. 그분은 입을 꽉 다문 채 어린아이처럼 부끄러워하셨어요. 그때 나는 마침 읽고 있던 워즈워드 시집을 펼치면서 이렇게 말했어요.

'여기 내가 사랑하는, 진심으로 좋아하는 노인이 또 한 분 있답니다. 이분은 내 마음을 이해하고 나는 그분을 이해하지만, 한번도 만난 적이 없고 앞으로도 만날 기회는 없을 거예요. 세상일이 흔히 그렇잖아요. 이분의 시 한 편을 읽어드릴게요. 이걸 들으시면 선생님도 알게 될 거예요. 사람이 사람을 어떻게 사랑하는지를…….

사랑하는 남자가 사랑하는 여인에게 사랑을 베풀어 준 후에 행복한 슬픔을 안은 채로 자기의 길을 가는, 소리 없는 축복과도 같은 것이 사랑이라고 이 시는 말하고 있어요.'

그렇게 말한 다음 나는 그분에게 워즈워드의 '고지(高地)의 소녀'를 읽어드렸어요. 자, 저 램프를 이쪽으로 가져와서 당신이 이 시를 다시 한번 읽어 주세요. 이 시를 들으면 기운이 나거든요.

저 고요하고 무한한 저녁노을이, 눈 덮인 산의 순결한 가슴을 향해 사랑과 축복의 손길을 내미는 것 같은 느낌이 이 시에 담겨 있거든요."

내 마음속에 울려 퍼지는 그녀의 말을 듣고 있으면, 내 가슴도 서서히 가라앉으며 평온해졌다. 폭풍은 지나갔고, 그녀의 모습이

은빛 달그림자처럼 내 사랑의 바다 위에서 잔잔하게 물결치며 일렁거렸다. 나의 사랑 — 하지만 사랑이란 것은 만인의 가슴을 꿰뚫고 흐르는 바다의 조류가 아니겠는가. 그래서 사람들은 저마다 그것을 자신의 사랑이라고 부르지만, 사실 그것은 온 인류에게 생명을 주는 맥박과 같은 것이다.

나는 그럴 수 있다면, 우리의 눈앞에 펼쳐져 있고 차츰차츰 어두워져 가는 대자연처럼 침묵을 지키며 잠자코 있고 싶었다. 하지만 그녀가 책을 내 손에 쥐어주었으므로, 천천히 시를 읽기 시작했다.

### 고지(高地)의 소녀

사랑스런 고지의 소녀여,
그대가 가진 이 세상의 부(富)는
깨끗한 그대의 아름다움이로구나.
일곱을 갑절한 세월은
그것이 베풀 수 있는 최대의 풍요를
그대 머리에 부었구나.
여기엔 회색 바위,
저기엔 쾌적한 풀밭,

베일을 반쯤 벗은 저 나무들,
잔잔한 호숫가에서
혼잣말을 되뇌며 쏟아지는 폭포수,
작은 시냇물과 고요한 산길은
그대의 보금자리를 감싸고,
아, 진실로 이 모든 것들은 꿈속에서
아름답게 수놓아진 것인가!

고단함으로 세상이 잠에 빠졌을 때
남몰래 빚어진 모습인가.
그러나 고단한 생활 속에서도
이렇듯 성스럽게 빛나는 아름다운 소녀여!
비록 덧없는 환영(幻影)에 지나지 않을지라도
인간의 깊은 마음에서 우러나오는 축복을
그대에게 보내노라.
그대, 이 세상에 있는 동안
신의 가호가 그대를 떠나지 않기를.
나는 그대를 모르고
그대의 이웃도 모르노라.
그러나 보라,
나의 눈이 흐르는 눈물로 젖는 것을.

멀리 떠나게 되는 날
나 진실로 그대 위해 기도하리라.
이토록 친근하고 인정 있는 마음씨와
지순한 표정이 담긴 얼굴을
일찍이 만난 적이 없기 때문이라.
바람에 실려 온 씨앗처럼
세상과 동떨어진 이곳에 뿌려진 그대,
그런 그대에게 부끄러움이나
세상의 소녀들 같은 수줍음이 무슨 필요가 있겠는가.
그대의 깨끗한 이마에는
산골 사람이 지니는 자유로움이
투명하게 깃들였나니,
기쁨에 넘치는 그 눈
즐거움이 듬뿍 담긴 그 얼굴
소박한 마음에서 우러나오는 그 미소
사람을 만나면 고개 숙이는 정숙한 몸가짐이
그대에게서 풍겨 오는구나.
그대는 아무 거침이 없다.
다만 그대 안에서
분수처럼 격렬하게 솟구치는 상념들을
그대의 빈약한 어휘들이 잡지 못할 뿐.

기꺼이 견뎌 낸 속박,
아름다운 노력!
그것은 그대 얼굴에 우아함과 생기를 준다.
바람 속에 나는 새가
폭풍과 맞서 싸우는 모습을 볼 때면
나는 벅찬 감동을 떨쳐 버릴 수가 없었노라.

이토록 아름다운 그대의 고운 머리에
그 누가 화관 바치기를 마다하랴.
나는 양치기, 그대는 양치기 소녀 되어
에리카 꽃향기 넘치는 골짜기에서
그대와 함께 지낸다면
그것은 하늘이 내린 축복일지니.
그러나 내 가슴엔 이루고 싶은
하나의 소망이 있어
엄숙한 현실로 나를 이끄는도다.
그대는 지금 내게 있어
거칠게 파도치는 바다의 단 한 줄기 물결일 뿐,
내 가슴은 더 많은 것을 원하노라.
나 그대에게 바라는 마음 누를 길 없음이여,
그것이 다만 이웃사람의 청에 지나지 않는다 할지라도

그대의 목소리를 듣고 그대를 바라볼 수 있다면
그것은 얼마나 큰 기쁨인지!
그대의 오빠라도 좋고, 그대의 아버지라도 좋다.
그대가 원한다면
세상의 그 무엇이라도 되고 싶다.

내 걸음을 이 골짜기로 인도하신
신의 은총에 진정으로 감사하며,
큰 기쁨과 풍요한 보답을 받고
나는 이제 고요한 이 땅을 떠나노라.
이 땅에 와서 사람들은
추억의 소중함을 알게 되고,
또한 추억이 영원한 눈을 가짐을 깨닫게 되니
어찌 이별을 망설이며 슬퍼하겠는가.
나는 생각하노라,
이 마을을 소녀의 집으로 정하심은
삶이 지속되는 동안 내내
지난날과 똑같은 새로운 기쁨으로
소녀를 기르시고자 하는 하늘의 뜻이라고.

아름다운 고지의 소녀여,

이제 나는 슬픔을 보이지 않고
만족스런 마음으로
기꺼이 그대를 떠나련다.
이 푸르름 속에 묻힌 작은 오두막,
저 호수와 계곡과 폭포,
그리고 그 모든 것에 깃들인 그대의 마음…….
지금 내 눈앞에 펼쳐지는 이 모든 정경을
언젠가 백발이 되더라도
똑같이 아름답게 볼 수 있으리니!

나는 시를 천천히 음미하듯이 다 읽었다. 이 시는, 내가 예전에 숲 속에서 커다란 나뭇잎으로 잔을 만들어 떠 마셨던 청량한 샘물처럼 느껴졌다.

그녀의 부드러운 목소리를 듣고 나는 퍼뜩 정신이 들었다. 마치 교회에서 꿈을 꾸듯이 기도하고 있을 때, 우리를 깨워 주는 오르간의 첫 음처럼 그녀의 목소리가 귓가에서 울려왔다.

"나는 당신이나 의사 선생님이, 바로 이 시에 그려진 것처럼 나를 사랑해 주기를 바랍니다. 바로 이런 식으로 우리가 서로 사랑하고 믿을 수 있으면 얼마나 좋겠어요. 그런데 세상은 — 물론 나는 세상을 잘 모르지만 — 이런 사랑과 믿음을 이해해 주지 않는 것 같아요. 우리는 얼마든지 행복하게 살 수 있는데도,

사람들 모두가 이 세상을 몹시 우울한 것으로 만들어 버렸어요.

하지만 옛날에는 그렇지만은 않았던 것 같아요. 그렇지 않으면 호머가 어떻게 나우시카* 처럼 사랑스럽고 건강하며 귀여운 여인을 만들어 낼 수 있었겠어요? 나우시카는 오디세우스를 보고 첫눈에 사랑하게 되었어요. 그래서 친구들에게 이렇게 이야기했지요. '저런 분이 내 남편이 되어 준다면, 그리고 이곳에 머물러 주신다면 얼마나 좋을까.'라고.

★ 나우시카 : 호머의 〈오디세이아〉 6권 이하에 그녀에 관한 이야기가 나온다. 그녀는 난파한 오디세우스를 자기 아버지 집에 데리고 가서 보살핀다.

그런데도 그와 함께 사람들 앞에 나서는 것을 부끄러워하면서, '당신처럼 늠름하고 훌륭한 이방인을 집으로 데려가면, 모두들 남편을 데려왔다고 할 것.'이라고 그에게 솔직하게 털어놓아요. 이 모든 행동이 참으로 아름답고 자연스럽게 느껴졌어요.

그렇지만 오디세우스가 처자가 있는 고향으로 돌아가고 싶다고 말했을 때, 나우시카는 아무런 불평도 하지 않고 그의 눈앞에서 자취를 감췄어요. 아마도 그녀는 그 늠름하고 훌륭한 이방인의 모습을 마음속에 간직하고 오래오래 회상하곤 했겠지요. 그걸 우리는 느낄 수 있어요.

저 환희에 찬 고백과 조용한 이별! 근대의 어느 시인*이라면 나우시카를 여자 베르테르로 만들어 버렸겠지요. 그도 그럴 것이, 사랑이란 것이 희극이거나 비극이기 십상인 결혼의 서곡에 지나지 않기 때문이에요.

좀 더 다른 종류의 사랑은 정말로 없는 걸까요? 순수한 행복의 샘은 아주 말라 버린 걸까요? 사람들은 오로지 취해서 바보처럼 되는 사랑의 술만 알 뿐, 생기를 주는 사랑의 샘물을 모르는 걸까요?"

이 말을 들으면서 나는, 그 영국 시인의 다음과 같은 탄식이 떠올랐다.

★ 〈젊은 베르테르의 슬픔〉을 쓴 괴테를 말함.

만약 이 믿음이 하늘로부터 온 것이라면,
만약 이것이 자연의 성스러운 계획이었다면,
인간이 인간을 어떻게 만들든
내가 탄식할 아무런 이유가 없을 것이다.

"하지만 시인들은 얼마나 행복할까요. 시인의 언어는 침묵하고 있는 수많은 사람들의 깊은 감정을 현실로 불러올 뿐 아니라, 그들의 노래는 매우 감미로운 비밀을 지닌 고백이 되기도 하거든요. 시인의 심장은 가난한 사람의 가슴에서도, 부자의 가슴에서도 똑같이 고동칩니다. 행복한 사람들은 시인과 함께 노래하고, 마음이 슬픈 사람들은 시인과 더불어 눈물짓지요.

하지만 워즈워드만큼 내 마음을 잘 표현한 시인도 없을 거예요. 물론 워즈워드의 시를 좋아하지 않는 사람들도 적지 않고, 심지어는 워즈워드를 시인이 아니라고 말하는 사람도 있지요. 그것은 워즈워드가 흔한 상투어를 쓰지 않을 뿐 아니라, 과장법을 비롯해서 흔히 시적 감흥이라고 얘기되는 일체의 것을 피하기 때문이죠.

그런데 저는 바로 그런 요소 때문에 그 시인을 좋아한답니다. 그의 시에는 진실이 담겨 있거든요. '진실'이라는 이 한 마디가 무엇보다도 중요한 것이 아닐까요.

그는 들에 피어 있는 민들레처럼 우리의 발밑에 놓인 아름다움에 대해 우리의 눈을 열어 줍니다. 그는 모든 것을 있는 그대로의 이름으로 불러 주지요. 그분은 누구도 놀라게 하지 않고, 현혹시키지도 않으며, 유혹하지도 않습니다. 또한 사람들한테서 찬탄을 받으려 하지도 않고요. 그분은 사람의 손에 의해 꺾이거나 굽혀지지 않는 모든 것들이 얼마나 아름다운가를 사람들에게 보여주려 합니다.

풀잎 위에 맺힌 이슬방울이 금반지에 박힌 진주보다 더 아름답지 않은가요? 어딘지 모르는 곳에서 우리를 향해 졸졸 흘러오는 살아 있는 샘물이 베르사이유 궁전의 분수보다 더 경이롭지 않은가요? 이 시인의 '고지의 소녀'가 괴테의 '헬레나'나 바이런의 '하이디'* 보다 더 사랑스럽고 참다운 아름다움을 표현하고 있는 건 아닐까요?

그뿐만 아니라, 쉽게 친해질 수 있는 어휘들과 순수한 생각들이 우리 가슴을 얼마나 맑아지게 하는지……. 일찍이 우리나라에 워즈워드와 같은 시인이 없었다는 사실이 얼마나 애석한지 모르겠어요.

만약에 쉴러가 고대 그리스인들이나 로마인들에게 의지하지

★ 헬레나(Helena) : 괴테의 〈파우스트〉 제 2부 제 3막에 나오는 그리스 여인으로, 아름다움의 상징.
하이디(Heidi) : 바이런의 〈돈 주안〉에 나오는 아름다운 그리스 여인.

않고 좀 더 자기 자신을 신뢰했었다면, 워즈워드처럼 되었을지 몰라요. 또한 리케르트가 초라한 조국을 단념하고 <동방의 장미꽃>* 에서 고향과 위안을 찾지 않았더라면, 워즈워드와 가장 가까운 시인이 되었을 거예요.

그러고 보면, 있는 그대로의 자신을 살려 나가는 용기를 가진 시인은 좀처럼 없는 것 같아요. 하지만 워즈워드는 그런 용기를 갖고 있었습니다.

우리가 위대한 사람들의 말에 즐겨 귀 기울이는 것은 반드시 그들의 위대한 이야기를 듣기 위해서가 아니라, 평범한 사람들처럼 천천히 사상을 길러 무한으로 통하는 새로운 세계에 대한 전망이 열리는 투명한 순간까지 참을성 있게 기다렸던 과정에 대한 이야기를 듣기 위해서이기도 하지요.

이와 마찬가지로 워즈워드의 시에는 누구나 말할 수 있는 흔한 얘기만 담겨 있지만, 그렇기 때문에 나는 그를 좋아합니다. 그러고 보면, 위대한 시인은 평정을 잃지 않는 법이죠.

호머를 읽어 보면 단 한 줄의 아름다움도 담겨 있지 않은 구절을 얼마든지 찾아낼 수 있습니다. 그것은 단테도 마찬가지예요.

★ 〈동방의 장미꽃〉 : 독일 태생의 언어학 박사이자 시인인 리케르트(Friedric Rucker, 1788~1866)가 페르시아의 시인인 하피스(Hafis, 1326~1389)를 모방하여 쓴 작품.

그런가 하면 그리스 시인인 핀다르 같은 경우는 많은 사람들로부터 찬사를 받지만, 그의 광적이다시피 한 문장들이 오히려 나를 절망으로 몰아넣을 때가 있어요.

어떠한 대가를 치르더라도, 한 해 여름을 이 시에 그려진 호숫가에서 지낼 수 있다면 얼마나 행복할까요. 그분의 시에 나오는 장소를 워즈워드와 함께 일일이 찾아다니면서, 그분에 의해 도끼에 잘리어 나갈 운명에서 벗어난 나무들을 찾아보고 싶어요. 그분이 묘사하고 서술했던 먼 석양을, 터너*밖에는 누구도 그림으로 표현하지 못했을 그 풍경을 한 번만이라도 좋으니 그분과 함께 바라보고 싶어요."

그녀는 참으로 독특한 어조로 말했다. 대부분의 사람들처럼 말꼬리가 내려가는 것이 아니라, 반대로 올라가는 듯한 특이한 말투였다. 그 어조는 마치 어린애가 '아빠, 그렇죠?' 하고 말하는 것 같았다. 그녀의 이런 말투는 무엇인가를 간절히 부탁하는 듯해서, 반대 논리를 펼치기가 쉽지 않았지만 나는 입을 열었다.

"워즈워드는 나도 좋아하는 시인입니다. 시인으로서보다는 인간으로서의 그를 더 좋아하지요. 힘들이지 않고 오른 작은 언

★ 터너(G. M. William Turner, 1775~1851) : 풍경과 바다를 주로 그린 영국의 화가. 후기 작품은 빛과 공기의 작용을 포착하여 어른거리는 색채를 주로 사용했음.

덕이 천신만고 끝에 올라간 몽블랑보다도 더 아름답고 풍요로우며 생생한 풍경을 볼 수 있을 때가 있는 것처럼, 워즈워드의 시도 그런 느낌이 듭니다.

처음엔 이 시인의 시가 너무 평범하고 진부해서 읽다 그만둔 적도 있어요. 그러면서 영국의 지식 계급이 어째서 이런 시를 그렇게 칭찬하는지를 이해하지 못했습니다.

하지만 어느 나라 언어를 사용하는 시인이든, 자국의 국민이나 그 민족의 정신적 귀족층이 시인으로 인정한 사람이라면 우리도 감상할 수 있으리라는 생각이 들더군요. 또한 칭찬하고 찬미하는 것도 우리가 배워야 할 기술이자 예술이라고 생각합니다.

많은 독일인들은 라신*이 마음에 들지 않는다고 하고, 영국인들은 괴테를 이해하지 못하겠다고 합니다. 그런가 하면 프랑스인들은 셰익스피어를 농사꾼이라고 비하하는데, 이런 것이 무얼 의미하는 걸까요? 그것은 어린아이가 자기는 베토벤의 교향곡보다 왈츠 곡이 더 좋다고 말하는 것과 조금도 다르지 않습니다.

각 민족이 자기 나라의 위대한 인물들에 대해 어떠한 점을 찬미하는가를 규명하고 이해하는 것은 일종의 예술이며, 아름다움을 추구하는 사람이라면 그것을 발견할 것입니다. 페르시아

★ 라신(Jean Racine, 1639~1699) : 프랑스 고전 비극의 완성을 이룬 극작가.

인들은 그들의 시인인 하피스에게서, 인도 사람들이라면 그들의 시인인 칼리다사에게서 어느 정도의 만족을 얻고 있음을 알 수 있죠.

위대한 인물을 한꺼번에 이해하는 것은 쉬운 일이 아닙니다. 시인을 이해하기 위해서는 힘과 용기가 필요합니다. 이상하게도, 첫눈에 마음에 든 것이 오랫동안 우리를 사로잡는 경우는 참으로 드물더군요."

가만히 듣고 있던 그녀가 끼어들었다.

"그렇긴 해도……이 세상의 모든 위대한 시인, 참된 예술가와 영웅, 그러니까 페르시아 인이든 인도인이든, 기독교인이든 이교도이든, 로마인이든 게르만 인이든 간에, 무릇 위대한 사람들에게는 공통점이 있습니다. 그것을 뭐라고 표현해야 할지 모르겠지만, 그들의 내면에 감추어진 무한한 것, 영원한 것을 꿰뚫어보는 눈, 작고 하찮으면서도 덧없는 것을 신화(神化)시키는 힘이지요.

저 위대한 이교도인 괴테도 '하늘에서 내려오는 감미로운 평화'를 알고 있잖아요. 그분은 이렇게 노래했지요.

> 산봉우리마다 깃든 고요
> 바람 한 점 없는 나뭇가지들
> 숲 속의 새들도 노래를 멈췄도다.
> 기다리라.

그대 또한 안식을 얻으리니.

그가 이렇게 노래할 때, 높다란 전나무 가지 위로 무한한 세계가 펼쳐지고, 이 세상에서 얻을 수 없는 평화가 찾아오는 게 아닐까요.

워즈워드의 경우는 이 같은 배경이 늘 자리 잡고 있는 거예요. 세상 사람들이야 뭐라 빈정거리든, 그것이 우리 눈에 보이지는 않지만 인간의 마음을 강하게 미혹시키거나 감동케 하는 것은 지상의 세계를 넘어서는 그 무엇인 것입니다.

지상의 아름다움을 미켈란젤로 이상으로 잘 이해했던 사람이 또 있을까요?

그가 그럴 수 있었던 것은 이러한 아름다움이 초지상적(超地上的)인 아름다움의 반영이기 때문입니다. 그분의 소네트를 당신도 알고 계시죠?"

### 소네트

아름다움이 나로 하여금 하늘로 향하게 하노라.
(아름다움 외에는 나를 사로잡는 것이 이 세상에 없도다)
나는 살아 있는 몸으로 영(靈)들의 전당에 드노라.

죽어야만 하는 인간에게 내려지는 얼마나 드문 축복이랴!

작품 안에 이렇듯 창조주가 머물러 계시기에
나는 작품의 영감을 받아
창조주를 향한 순례의 길을 떠난다.
아름다움에 취한 내 마음을 움직이는
그 숱한 상념들을 형태로 만들기 위해
아름다운 눈을 그윽하게 바라보며 시선을 떼지 못함은
신의 동산으로 가는 길을 비추는 광채가
그 눈에 깃들여 있다는 것을 알기 때문임이라.

그 눈의 광채를 받아 나의 가슴이 타오르면
내 고귀한 불꽃 속에는
천국을 지배하는 온화한 기쁨이 아름답게 투영되노라.

그녀는 몹시 피곤해 하며 입을 다물었다. 내가 어떻게 이 침묵을 깨뜨릴 수 있겠는가! 마음을 열고 서로의 생각들을 허심탄회하게 주고받은 다음, 만족한 느낌으로 말을 멈춘 상태를 우리는 '천사가 하늘을 날고 있다.'고 표현한다.

나는 진실로 평화와 사랑의 천사가 살그머니 날갯짓하는 소리를 머리 위에서 들은 것만 같았다. 내가 그녀를 그윽하게 바라보고 있노라니, 그녀의 사랑스런 자태가 여름밤의 어스름한 황혼 속에서 빛나는 천사의 모습처럼 여겨졌다. 다만 내 손에 쥐어져 있는 그녀의 손만이 현실감을 주었다.

그때 갑자기 그녀의 얼굴 위로 한 줄기 밝은 빛이 비쳤다. 그녀도 그 빛을 느낀 듯, 눈을 반짝 뜨더니 의아해 하는 표정을 지으며 나를 바라보았다. 반쯤 감긴 속눈썹이 베일처럼 덮고 있는 그녀의 신비스런 눈이 번갯불처럼 빛났다. 주변을 둘러보니, 마침 둥글게 차 오른 달이 두 개의 언덕 사이에서 성을 향해 다가오며 호수와 온 마을을 부드러운 미소로 비쳐주고 있었다.

나는 일찍이 이처럼 아름다운 자연, 이처럼 아름다운 그녀의 얼굴을 본 적이 없었다. 또한 이처럼 복된 평안이 내 마음을 사로잡은 적이 없었다.

나는 더 이상 참지 못하고 입을 열었다.

"마리아! 이처럼 내 마음이 깨끗해진 순간에 있는 그대로의 내 사랑을 고백하게 해주십시오. 우리가 이 세상의 것 같지 않은 느낌을 이렇게 절감하고 있는 지금, 우리 두 사람이 두 번 다시 헤어지는 일이 없도록 영혼의 약속을 맺게 해주십시오.

마리아! 사랑이란 것이 무엇이건 간에, 나는 당신을 사랑합니다. 그리고 느끼고 있습니다, 마리아 당신이 나의 것이라는 것을. 왜냐하면 내가 당신의 것이기 때문입니다."

나는 그녀 앞에 무릎을 꿇은 채, 감히 그녀의 눈을 쳐다보지도 못했다. 다만 그녀의 손에 내 입술을 살그머니 대며 입맞춤할 뿐이었다. 그러자 그녀는 처음에는 머뭇거리는가 싶더니, 급기야는 단호하게 손을 움츠렸다.

내가 눈을 들어 바라보니, 그녀의 얼굴엔 고통스러운 표정이 역력하게 나타나 있었다. 그녀는 한동안 침묵을 지키다가 마침내 깊은 한숨을 토해 내고는 몸을 일으키며 말했다.

"오늘은 그만해 두세요. 당신은 내게 고통을 주었어요. 그렇지만 그건 내 잘못이지요. 창문을 닫아 주세요. 모르는 사람이 내 몸을 만지는 것처럼 차갑고 오싹한 기분이 드는군요. 그냥 이렇게 내 곁에 있어 주세요. 하지만 그건 안 되겠지요, 가셔야지요. 안녕히 가세요. 우리가 언제까지나 하느님의 평화 속에서 함께하길 기도해 주세요. 우리 또 만나요, 네? 내일 밤에……. 기다리고 있을게요."

아, 천국과 같은 평안함이 갑자기 어디로 갔는가? 나는 그녀가 괴로워하고 있는 모습을 보았다. 내가 할 수 있는 일이라고는, 그녀의 시중을 드는 영국 부인을 방으로 부른 다음 그곳을 떠나는 것뿐이었다.

나는 어두운 밤길을 홀로 뚜벅뚜벅 걸었다. 그리고는 호숫가를 한동안 서성거리다가, 조금 전까지 그녀와 같이 있던 불 켜진 창을 오랫동안 바라보았다.

마침내 창문의 마지막 불빛도 꺼졌다. 달은 점점 더 높이 떠올랐다. 모든 첨탑과 지붕 밑 방의 창문, 오래된 성벽의 꽃무늬 장식들이 밝고 맑은 조명을 받아 그 모습을 드러냈다.

나는 이곳, 고요한 밤의 정적 속에 홀로 서 있었다. 머리 속의 모든 기능이 활동을 중지하고 멈춰 있는 것만 같았다. 아무 생각도 나지 않았다.

나는 이 세상에서 완전히 혼자이며, 나를 상대해 줄 사람이 아무도 없다는 것만 느끼고 있었다. 지구는 관(棺)처럼 여겨졌고, 어두운 하늘은 관을 덮는 보자기같이 느껴졌다. 그리고 내가 과연 살아 있는지, 아니면 벌써 죽었는지조차도 알 수 없었다.

그때 나는 하늘에 떠 있는 별들을 올려다보았다. 별들은 반짝거리면서 차분하게 자기 궤도를 돌고 있었다. 그 별들은 오직 인간을 비쳐주고 위로해 주기 위해 존재하는 것처럼 여겨졌다.

그런 중에 뜻밖에도 어두운 하늘에 떠 있는 두 개의 별이 생각났다. 그러자 나도 모르게 절로 감사의 기도가 터져 나왔다. 나의 수호신의 사랑에 대해 감사하는 마음의 기도였다.

# 마지막 회상

내가 잠에서 깨어났을 때는 해가 벌써 산마루에 떠올라 창문을 비치고 있었다. 이것이 바로 어제와 같은 태양이란 말인가? 이별하는 친구처럼 아쉬운 눈빛으로, 우리 영혼의 결합을 축복하듯 바라보다가 사라지는 희망처럼 사라져 간 바로 그 태양이란 말인가?

그러나 지금 이 태양은 마치 우리의 즐거운 잔치를 축하해 주기 위해 방으로 뛰어 들어온 어린아이처럼 빛을 쏟아내고 있지 않은가. 또한 나 역시도, 불과 몇 시간 전만 해도 몸과 마음이 모두 지쳐서 침대 속에 몸을 던졌던 바로 그 나란 말인가?

그런데 지금의 나는 다시 예전의 생활로 돌아오고, 신과 나 자신에 대한 용기와 신뢰를 되찾았지 않았는가. 뿐만 아니라, 그것은 신선한 아침 공기처럼 생기와 활력을 불어넣어 주고 있지 않은가.

만약에 잠이라는 것이 없다면, 인간은 도대체 어떻게 되었을까? 우리는 밤마다 찾아오는 이 사자(使者)가 우리를 어디로 끌고 가는지도 모른다.

밤이 되어 우리가 눈을 감을 때마다, 아침이면 다시 우리 눈을 뜨게 해주리라는 것을 — 즉 우리를 우리 자신에게 되돌려준다는 것을 그 누가 보증할 수 있단 말인가.

최초의 인간이 이 낯선 친구에게 자신을 맡길 때는 실로 용기와 믿음이 필요했을 것이다. 우리의 본성에는 뭔가 믿음직스럽지 못한 데가 있어서, 우리가 믿어야 한다고 생각되는 여러 가지 일을 억지로 믿으면서 자신을 맡겨 버리곤 한다. 만약 그렇지 않다면, 아무리 피곤하다고 해도 자기 스스로 눈을 감거나 알지 못할 이 낯선 꿈의 세계로 발을 들여놓는 사람은 없을 것이다.

우리의 나약함과 피로감은 우리로 하여금 보다 높은 힘을 신뢰하게 하고, 만물의 조화로운 질서에 기꺼이 순종하게 만든다. 그리고 깨어서든 잠을 잘 때든, 아주 짧은 순간이나마 영원한 자아를 지상의 자기와 묶어 놓고 있는 사슬을 풀어 놓으면 그때 우리는 생기와 활력을 되찾은 것처럼 느끼는 것이다.

어제, 흘러가는 저녁 안개처럼 내 머리를 어렴풋하게 스쳐 지나갔던 일들이 갑자기 생생하게 떠올랐다.

그녀와 내가 서로에게 속해 있음을 나는 느끼고 있었다. 오빠와 누이동생이건, 아버지와 자식이건, 아니면 약혼한 사이이건, 어쨌든 우리 두 사람은 영원히 떨어져서는 안 되었다.

문제는 우리가 부자연스럽게 '사랑'이라고 부르고 있는 것에 대한 진실한 이름만 발견하면 되는 것이다.

그대의 오빠라도 좋고, 그대의 아버지라도 좋다.
그대가 원한다면
세상의 그 무엇이라도 되고 싶다.

이렇게 부르짖을 때, 그 '무엇'에 대한 이름을 찾아내야만 했다. 왜냐하면 이 세상은 이름 없는 것을 인정하지 않기 때문이다.

그녀가 내게 말하지 않았던가. 모든 사랑의 근원인 순수하고 전인적인 사랑으로써 나를 사랑하고 있노라고.

그렇다면 내 가슴에 가득 찬 사랑을 내가 그녀에게 고백했을 때, 왜 그녀는 그렇게 놀라워하면서 언짢은 기색을 보였을까.

그 점은 아무래도 이해가 되지 않지만, 그렇다고 해서 그것이 우리 두 사람의 사랑에 대한 나의 신뢰를 허물어뜨릴 수는 없는 일이었다.

인간의 마음이란 것이 어차피 이해하기 힘든 것들로 가득 차 있는데, 인간의 영혼 안에서 일어나는 것을 왜 모조리 알려고 하는가? 자연이든, 사람이든, 또는 자신의 가슴속에서 일어나는 일이든, 우리를 가장 매료시키는 것은 설명할 수 없는 그 '무엇'이 아니었던가.

우리가 쉽게 이해할 수 있는 인간, 해부용 표본처럼 그 구조가 우리 눈에 분명하게 보이는 인간들은 수많은 소설 속에 나오는 그저 그런 인물들처럼 우리를 열중시킬 만한 힘이 없다. 그리고 생활에 있어서나 인간에게 있어서, 무엇보다도 흥을 깨는 것은 모든 것을 다 설명해 버려서 내면에 존재하는 불가사의함을 인정하지 않으려고 하는 윤리적 합리주의이다.

이해하기 어려운 점이라는 것은 어느 존재에나 있는 법이어서, 우리는 그것을 운명이라고도 하고 영감(靈感) 또는 성격이라고도 부른다. 그러나 어떤 경우라도 영원히 남는 요소가 있기 마련인데, 이를 인정하지 않으면서 인간의 모든 행동을 모두 분석할 수 있다고 믿는 사람은 자기 자신은 물론이고 인간의 보편성을 모른다고 볼 수밖에 없다.

이런 생각을 하다 보니, 지난밤에 절망했던 모든 것에 대해 스스로 마음 정리를 할 수 있었다. 그러자 내 미래의 하늘은 구름 한 점 없이 맑을 것만 같은 기분이었다.

이런 생각에 잠겨 답답한 집에서 나와 밖으로 나가려는데, 한 심부름꾼이 편지 한 통을 전해 왔다. 차분하고 아름다운 필적을 보고, 그녀로부터 온 편지임을 금방 알아볼 수 있었다.

나는 숨 돌릴 틈도 없이 재빨리 편지를 뜯었다. 인간의 육신이 바랄 수 있는 최대의 아름다움과 행복한 사연이 담겨 있기를 기대하면서…….

그러나 내 모든 기대는 산산이 부서졌다. 편지에는, 고향마을에서 손님이 오니 오늘은 방문하지 말아달라는 부탁만 적혀 있었다. 한 마디의 다정한 말도, 그녀의 상태에 대한 언급도 없이!

다만 편지 끝에 '내일은 의사 선생님께서 오십니다. 모레까지 안녕.'이라는 추신이 붙어 있었다.

이렇게 해서 느닷없이 인생의 노트에서 이틀이 달아나 버리고 말았다. 아, 차라리 아주 뜯어낼 수 있으면 좋으련만 — 그렇지만 그것은 불가능했다. 그 이틀은 감옥의 양철 지붕처럼 내 머리 위를 덮어 누르고 있었다. 이 시간 역시 살아 내지 않으면 안 되었다. 왕이라면 옥좌에 더 머물고 싶을 테고, 거지라면 교회 입구 돌층계 위에 앉아 적선을 바랄 테지만, 그렇다고 이 이틀을 왕이나 거지에게 희사할 수는 없는 노릇이었다.

나는 한동안을 망연한 상태로 있었는데, 아침에 했던 기도가 문득 떠올랐다. '절망보다 더한 불신은 없으며, 아무리 크거나 작은 일이라 할지라도 그것은 모두 신의 위대한 계획의 일부이다. 때문에 아무리 힘들고 괴로워도 우리는 그 뜻에 순종해야 한다.'고 나는 스스로에게 말했었다.

나는 눈앞에 있는 낭떠러지를 발견한 기사처럼, 고삐를 힘껏 뒤로 잡아당겼다. 그리고는 '그래야 한다면, 그렇게 할 수밖에!'라고 속으로 외쳤다.

하느님이 만드신 이 땅은 불평과 비탄을 하는 장소가 아니다. 그녀가 손으로 쓴 단 몇 줄의 편지를 받은 것만으로도 얼마나 행복한가. 조만간 그녀를 만나게 된다는 희망이야말로 지금껏 내가 누렸던 그 어떤 행복보다도 큰 것이 아닌가.

머리를 항상 물 위로 내놓아라! — 인생의 헤엄에 능숙한 사람은 모두 그렇게 말한다. 그러나 이미 그렇게 할 수 없는 상태라면, 눈과 목구멍에 물을 끝없이 집어넣는 것보다 차라리 물에 빠져 버리는 편이 낫다! 일상생활에서 여러 가지 일을 당할 때마다, 무슨 일이든지 신의 섭리라고 생각하는 것은 쉬운 일이 아니다. 또 고난이 닥칠 때마다 범속한 일상에서 빠져 나와 신이 계신 곳으로 다가간다는 것도 망설여지는 일이며, 아마 그 망설임은 당연한 일일지도 모른다.

이럴 때, 우리의 삶이라는 것을 의무라고까지 생각하지는 않더라도 예술이라고 바꿔서 생각해 보면 어떨까. 그렇게 관점을 바꾸면 약간의 손해를 봤거나 고통을 당했다고 해서, 몹시 우울해지거나 분개하면서 어찌할 줄 모르는 아이처럼 보기 흉한 행동을 하지는 않을 것이다. 그보다는 아직도 눈물이 고여 있는 눈속에 어느새 기쁨과 즐거움이 어리는 아이의 모습이 얼마나 아름다운가. 그것은 마치 봄비에 젖어 떨고 있다가도, 뺨에 흐른 눈물을 햇빛이 말려 주는 새에 어느덧 다시 활짝 꽃피어 향기를 발하는 꽃송이 같은 싱그러움일 것이다.

그렇지만 이런 운명에도 불구하고, 이 이틀을 그녀와 함께 살 수 있는 기발한 생각이 떠올랐다. 그녀가 내게 했던 다정한 말들과 내게 가슴을 열고 털어놓은 갖가지 훌륭한 생각들을 나는 오래 전부터 기록해 놓고 싶었었다. 그래서 이 이틀을 우리가 함께 지낸 아름다운 시간에 대한 회상과 더욱 아름답고 행복해질 앞날에 대한 희망 속에서 지냈다.

글을 쓰는 동안 나는 줄곧 그녀 곁에서 그녀와 함께 생활했으며, 그녀 안에서 살았다. 그러면서 그녀의 손을 직접 잡고 있던 그때보다도 더 가깝게 그녀의 사랑과 정신을 느꼈다.

그때 써놓은 기록이 이제 와서 얼마나 소중하고 그리운 것이 되었는지 모른다. 그것을 얼마나 여러 번 반복해서 읽고 또 읽었던가. 그렇다고 그녀가 한 말을 내가 한 마디라도 잊을까 싶어서 그런 것은 아니다. 이렇게 손으로 써서 남긴 흔적은 내 행복의 증인이며, 이 안에는 침묵으로 웅변 이상의 것을 말해 주는 친구의 눈길과도 같은 그 무엇이 조용히 나를 바라보고 있었기 때문이다.

행복했던 날들에 대한 기억, 고뇌에 찼던 날들에 대한 기억, 소리 없이 스러져간 날들에 대한 기억 — 이 앞에서는 우리를 에워싸고 묶고 있던 모든 것이 사라져 버린다. 우리는 이미 오래 전에 지하에 잠든 자식의 풀 덮인 무덤 위로 쓰러지는 어머니처럼 이를 향해 몸을 던진다. 어떤 희망이나 소망도 이 끝없이 고요한 침잠을 막지는 못하리라. — 이를 사람들은 아마 애수(哀愁)라고 부를 것이다. 그러나 이 애수 속에는 행복이 깃들어 있다. 이 애수를 아는 이는 오로지 뼈저리게 사랑하고 고뇌해 본 자들뿐일 것이다.

지난날 자신이 신부였을 때 썼던 면사포를 딸의 머리에 둘러주면서 세상을 떠난 남편을 떠올리는 어머니에게, 지금 느끼는 감회가 어떠냐고 물어보라. 또한 불행하게도 죽음이 갈라놓은 사랑하는 여인으로부터 자신이 보냈던 마르고 시들어 버린 장미를 돌려받은 남자에게, 무엇을 느끼느냐고 물어보라. 그들은 모두 눈물을 흘릴 것이다. 그러나 그 눈물은 고통의 눈물도 아니고, 기쁨의 눈물도 아니다. 그것은 오로지 희생의 눈물인 것이다. 희생의 눈물을 바친 인간은 신의 사랑과 지혜를 믿으면서, 자신이 가장 사랑하는 소중한 사람이 조용히 떠나가는 것을 가만히 지켜보는 것이다.

그러나 이제 다시 추억으로 되돌아가자. 과거에 있어서의 현재로…….

이틀은 순식간에 지나갔다. 애타게 기다리던 재회의 시간이 가까워질수록 나는 기쁨으로 온몸을 떨었다.

첫날에는 도시로부터 마차와 기병들이 오고, 성은 많은 손님들로 활기를 띠고 있는 것 같았다. 지붕 위에는 깃발들이 펄럭이고, 성의 정원에서는 음악이 울려왔다. 저녁이 되자 유람하는 곤돌라 덕분에 호수 위엔 활기가 가득 차고, 남자들의 노랫소리가 물결 너머로 들려왔다. 그녀가 창가에서 이 노래에 귀를 기울일 것이라고 생각하니, 나 또한 노랫소리에 귀를 기울이지 않을 수 없었다.

둘째 날에도 여전히 주위가 소란스럽더니, 오후가 되자 손님들이 떠날 채비를 하기 시작했다. 그리고 밤늦은 시간에, 시의(侍醫)의 마차가 도시를 향해 떠나가는 모습이 보였다.

그러자 나는 더 이상 참을 수가 없었다. 그녀가 혼자 있다는 것을, 그녀도 나를 생각하며 내가 오기를 기다리고 있다는 것을 나는 알고 있었다. 그런데도 난 그녀와 악수조차 하지 못하고, 이별의 괴로움을 견뎌야만 하는가. 내일 아침이면 다시 만나 새로운 기쁨을 맛볼 수 있다는 말도 한마디 하지 못한 채 또 하룻밤을 흘려보내야 한단 말인가!

아직도 그녀의 창문에 불이 켜진 것이 보였다. 왜 그녀는 혼자 있어야 하는가? 왜 나는 잠깐만이라도 그녀의 존재를 느껴서는 안 되는가?

어느 틈에 나는 성 앞까지 가 있었다. 그리고 초인종을 잡아당기려는 순간에 팔을 멈추며 스스로에게 말했다.

'잠깐 기다려! 그렇게 약해져선 안 돼! 그녀 앞에 밤도둑처럼 부끄럽고 거북한 모습으로 나설 수는 없지 않느냐? 내일 아침 일찍, 전장에서 돌아오는 개선장군처럼 당당한 모습으로 그녀에게 가라. 그녀는 지금 그 장군의 머리에 씌워 줄 사랑의 관을 엮고 있을 것이다.'

아침이 왔고, 나는 그녀에게 갔다. 실제로 그녀의 눈앞에 가서 섰다.

육체 따윈 필요 없다는 듯이, 오직 정신만을 말하지 말라! 완전한 존재, 완전한 의식, 완전한 기쁨이란 오로지 정신과 육체가 하나일 때만 가능하다. 그것은 육화(肉化)된 사랑이며, 정신화된 육체이다. 육체 없는 정신이란 존재하지 않는다. 그건 한낱 유령에 지나지 않는다. 정신이 없는 육체란 존재하지 않는다. 그건 한낱 시체에 불과한 것이다.

들판에 핀 꽃이라고 해서 정신이 없다고 말하려는가. 꽃은 자신에게 생명과 존재를 부여하고 지켜 주시는 신의 뜻, 곧 창조주의 생각으로 모든 사물을 바라보고 있는 것이 아니겠는가. 이것이 꽃의 정신인 것이다. 다만, 그 정신이 인간의 경우에는 언어로 표현되지만, 꽃의 경우에는 침묵으로 표출되는 것이다. 실재하는 삶이란 언제나 육체적 · 정신적 생활이며, 실재하는 향유란 언제나 육체적 · 정신적 향유이다. 또한 실재하는 만남이란 언제나 육체적 · 정신적 만남인 것이다.

내가 이틀 동안 그렇게도 행복하게 지냈던 기억의 세계가, 마침내 그녀 앞에 서고 실재(實在)로 눈앞에 마주하게 되자 한낱 그림자처럼 사라져 버렸다. 그녀가 실재함을 확인하기 위해, 그녀의 이마와 눈과 뺨을 손으로 만져 보고 싶었다. 밤낮으로 마음속에서 떠오르는

그녀의 모습이 아니라, 그녀의 실제 존재를 — 나의 것은 아니지만 당연히 나의 것이어야 하며, 나의 것이 되기를 원하는 존재, 내가 나 자신처럼 믿고 있는 존재, 내게서 멀리 떨어져 있지만 나 자신보다도 더 가까운 존재, 그 존재가 없으면 나의 생명은 이미 생명이 아니며 나의 죽음조차도 이미 죽음이 아니게 하는 존재, 그것이 없으면 내 가엾은 존재가 한숨처럼 허공으로 사라지고 말 그 존재를 — 확인하고 싶었다.

나의 이러한 생각과 눈길이 그녀에게 쏟아지는 순간, 지금 이 순간이야말로 나의 간절한 소망이 이루어지는 때라고 느껴졌다. 나의 삶이 축복으로 빛나는 것 같았다. 온몸에 한 줄기 전율이 흐르는 것 같더니, 이내 죽음이 머리에 떠올랐다. 그러나 죽음은 아무런 공포감도 불러오지 않았다. 왜냐하면 이 사랑은 죽음으로도 파괴되지 않을 뿐더러 — 오히려 죽음을 통해 정화되고 고귀

해지며 영원한 것으로 승화할 것이기 때문이었다.

그녀와 말없이 같이 있는 시간은 참으로 즐겁고 아름다웠다. 영혼의 깊이가 그대로 드러난 그녀의 얼굴……. 나는 그녀의 얼굴을 바라보고 있노라면, 그녀의 마음속에서 일어나는 일과 생동하는 모든 것을 알 수 있을 것 같았다.

'미안해요. 당신 때문에 마음이 무거웠어요.'라고 그녀는 말하고 싶으면서도, 그 소리를 입 밖에 내지 않고 있는 것 같았다.

'이제야 다시 또 만났네요. 그냥 가만히 계세요! 불평하거나 원망하지 마세요! 잘 오셨어요! 나한테 너무 화내지 말아요!'

그녀의 눈이 그렇게 말하고 있었다. 그러나 우리는 입을 열어 이 즐거운 평화를 깨뜨릴 엄두를 내지 못했다.

"의사 선생님한테 편지 받으셨나요?"

이 질문이 그녀의 첫마디였다. 그녀의 목소리는 한 음절씩 말을 이을 때마다 떨리고 있었다.

"아니오." 하고 나는 대답했다.

그녀는 한참 동안 입을 다물고 있다가 말했다.

"그렇게 된 것이 차라리 잘된 일인지도 모르겠군요. 내가 직접 모두 말하는 편이……. 우리 만남은 오늘이 마지막이에요. 슬퍼하거나 화내지 말고 우리 편안한 마음으로 작별하도록 해요. 내가 너무 많은 죄를 지었다고 느끼고 있어요. 아주 가벼운 미풍이라도 꽃잎을 떨어뜨릴 수 있다는 생각을 미처 하지 못하고, 내가 그만 당신의 생활에 너무 깊게 들어가 버렸어요. 내가 세상을 너무 몰랐기 때문에, 나처럼 병든 비참한 인간이 당신한테 동정 이상의 감정을 불러일으키리라고는 생각지 못했어요.

나는 당신에게 다정하고 허물없이 대했지요. 왜냐하면 당신은 어렸을 때부터의 친구이고, 또 당신과 같이 있으면 아주 편안했으니까요. 내가 왜 이런 말까지 하는지 모르겠군요. 하지만 당신을 사랑했으니까요.

그렇지만 세상은 이런 사랑을 이해하지 못하고, 용납하지도 않아요. 의사 선생님이 감긴 내 눈을 뜨게 해주셨지요. 저 도시에서는 온통 우리들에 관한 이런저런 소문이 끊이지 않는 모양이에요. 성주(城主)인 내 동생이 후작인 아버님께 편지를 올렸고, 아버님께서는 내게 앞으로 당신을 만나서는 안 된다고 하셨어요.

당신에게 이런 고통을 주게 된 것을 진정으로 후회하고 있어요. 나를 용서한다고 말해 주세요. 그리고 우리 친구로서 헤어지는 거예요."

그녀의 눈에 눈물이 가득 고였다. 그녀는 그것을 보이지 않으려고 눈을 감았다.

"마리아, 내게는 단 하나의 생명밖에 없습니다. 그리고 그것은 당신과 결합되어 있습니다. 또한 내겐 의지라는 것도 단 하나밖에 없으며, 그것은 바로 당신의 의지입니다. 그래요, 정직하게 말하겠습니다. 나는 당신을 진정으로 사랑합니다. 그러나 내가 당신한테는 어울리지 않는 상대라는 것도 알고 있습니다. 당신은 신분에 있어서나 마음의 고귀함이나 순결함에 있어서 나보다 훨씬 높은 곳에 있습니다. 당신을 나의 아내라고 부른다는 생각 따위는 감히 할 수도 없지요. 그렇지만 우리가 세상을 함께 걸어갈 수 있는 그 밖의 다른 길이 없는 것은 아닙니다.

마리아, 당신은 완전한 자유입니다. 나는 희생 같은 건 요구하지 않습니다. 세상의 힘은 크지요. 만약 당신의 뜻이 진정 그렇다면, 우리는 두 번 다시 만나지 않아야 하겠지요. 그렇지만 당신이 나를 사랑하고 있다면, 만약에 당신이 내게 속해 있다고 생각한다면, 그렇다면 세상 사람들에 대해선 잊어버립시다. 세상 사람들의 차가운 비판 따윈 잊어버립시다. 나는 평생토록 당신을 이 팔에 안고 가겠습니다. 그리고 무릎을 꿇고, 살아서나 죽어서나 나는 당신의 것이 되겠다고 맹세하겠습니다."

"하지만 우리는 불가능한 것을 바라서는 안 됩니다. 만약에 우리가 이 세상에서 그런 식으로 결합하는 것이 하느님의 뜻이었다면, 주님께서 왜 내게 이런 병고를 주었겠어요. 한낱 하릴없는 어린아이와 다름없는 상태로 있어야 하는 고통을 내게 주시지는 않았을 겁니다. 우리가 운명이니 상황이니 사정이니 하고 부르는 것들이 결국 신의 뜻에서 나온 것임을 잊어서는 안 됩니다. 그것을 거역하는 것은 곧 신의 뜻을 거역하는 것이에요. 그건 어리석은 짓은 아닐지 몰라도, 불경스럽다고 할 수는 있겠지요.

인간들은 이 지상에서 하늘의 별처럼 떠돌아다닙니다. 저마다의 별은 신에 의해 정해진 궤도 위에서 서로 만나고, 또 헤어져야 할 때는 헤어집니다. 그것을 거역하는 것은 전혀 헛된 일이거나, 아니면 세계의 모든 질서를 파괴하는 것이 되지요. 우리는 그 뜻을 이해할 수는 없지만 믿을 수는 있어요.

마찬가지로 당신에 대한 나의 애정이 왜 옳지 않은 것인지, 나로서는 이해할 수 없어요. 아니, 그것이 옳지 않다고 말할 까닭이 없지요. 그렇게 말하고 싶지도 않습니다. 하지만 그럴 수 없는 일이고, 그래서는 안 되는 일입니다. 아시겠어요? 이것으로 제가 해야 할 얘기는 다했습니다. 우리는 겸허한 마음으로 자기 자신을 신에게 맡겨야 해요."

그녀의 말투는 침착했음에도 불구하고, 그녀가 얼마나 깊이 괴로워하는지를 나는 알 수 있었다. 그렇지만 세상과의 싸움을 그토록 간단하게 포기하는 것이 부당하게 여겨졌다. 나는 될 수 있는 한 그녀의 고통을 더해 주지 않으려고 애쓰면서 한껏 감정을 추스르며 말했다.

"만약에 지금이 우리가 이 세상에서 만나는 마지막 기회라면, 이 같은 희생이 도대체 누구를 위한 것인지 분명히 짚어 보도록 합시다. 만약 우리의 사랑이 뭔가 높은 계율을 어긴 것이라면 나도 당신처럼 겸허하게 받아들이겠습니다. 보다 높은 뜻을 거역하는 것은 신을 저버리는 일일 테니까요. 인간은 때로 신을 속일 수도 있고, 자기의 작은 재주로 신의 예지를 이길 수 있을 것 같은 마음을 갖기도 합니다. 그러나 그건 망상이지요. 이 같은 거인과의 싸움을 시작한 인간은 멸망하게 마련입니다.

그러나 우리의 사랑에 맞서고 있는 것이 도대체 무엇입니까? 기껏해야 세상의 소문이나 험담에 불과한 것 아닙니까. 나는 인간사회의 규범을 존중합니다. 지금 우리가 사는 시대처럼 법칙이라는 것이 그럴싸하게 변조되고 엉클어졌을망정 그것을 존중합니다. 병자에게 쓴 약이 필요한 것처럼, 인류가 이 지상에서 공동생활의 목적을 달성해 나가기 위해서는 우리가 경시하고 비웃는 사회적 규제와 체면 또는 분수 따위가 필요합니다.

우리가 이러한 우상들한테 많은 제물을 바쳐야 한다면, 그것 또한 어쩔 수 없겠지요. 그 옛날에 아테네 시민들이 그랬던 것처럼, 우리는 해마다 젊은 남녀들을 한 배 가득 실어 우리 사회의 미궁(迷宮)을 지배하는 저 괴물한테 제물로 보내는 겁니다.

마음의 상처를 입지 않은 사람은 세상에 하나도 없습니다. 순수한 감정을 지닌 사람치고 사회라는 새장 속에 편안히 들어가기 전에 자신의 날개를 꺾이지 않은 자는 한 사람도 없습니다. 이것은 어쩔 수 없는 필연입니다. 당신은 세상을 잘 모르겠지만, 나는 내 친구의 경우만 봐도 이런 비극을 몇 권의 책으로 엮어 들려드릴 수 있습니다.

한 친구가 어떤 소녀와 서로 사랑했습니다. 그런데 그 친구는

가난했고, 여자 쪽은 부자였습니다. 양가의 부모와 친척들이 서로 다투고 비웃는 바람에 결국 두 남녀의 심장은 상처를 받았습니다. 무엇 때문일까요? 중국의 누에고치에서 뽑은 명주 옷을 입지 못하고, 미국 산 목면 옷을 입은 부인은 불행하다고 생각하는 세상 사람들의 편견 때문이었습니다.

또 한 친구도 어떤 소녀와 서로 사랑했습니다. 그렇지만 그 친구는 신교도였고, 여자 쪽은 가톨릭 신자였습니다. 양쪽의 어머니와 목사가 불화를 일으키는 바람에 결국 두 남녀의 심장은 상처를 입었습니다. 왜 그랬을까요? 3백 년 전에 카알 5세와 프란츠 1세, 헨리 8세가 벌인 정치적 장기 놀음 때문이었지요.

세 번째 친구도 한 소녀와 서로 사랑했습니다. 그 친구는 귀족이었고 여자 쪽은 평민이었습니다. 양가의 자매들이 거품을 물고 반대를 하는 통에 두 남녀의 심장은 파괴되었습니다. 무슨 이유일까요? 1백 년 전에 어느 전쟁터에서 한 병사가 왕의 생명을 위협하는 적군 군사를 죽인 까닭이었지요. 덕분에 그 병사는 귀족 칭호와 훈장을 받았습니다. 그러나 그의 증손의 인생이 망가짐으로써 그 옛날 피를 흘리게 한 대가를 치른 것이지요.

통계학자들에 의하면, 매 시간마다 한 사람의 심장이 파괴되고 있다고 합니다. 아마도 사실이겠지요. 그렇지만 이유가 뭡니까? 대개의 경우, 세상 어디에서나 타인간의 사랑을 인정하지 않기 때문입니다. 더구나 부부 이외의 남녀간 사랑은 가당찮은 추잡한 얘기로 치부합니다. 두 여자가 한 남자를 사랑할 경우 한 사람은 희생될 수밖에 없습니다. 또 두 남자가 한 여자를 사랑하는 경우에도 한 사람이든 아니면 두 남자 모두가 희생됩니다. 왜 그럴까요? 도대체 왜 결혼을 염두에 두지 않고 여자를 사랑하면 안 되는 것입니까? 자기 것으로 만들겠다는 생각 따위를 하지 않고는 여자를 쳐다볼 수도 없단 말입니까?

당신은 눈을 감고 계시는군요. 내 말이 너무 지나쳤던 모양이군요. 하지만 세상은 삶에 있어서 가장 성스러운 것을 가장 천박한 것으로 만들고 말았습니다. 그래요, 마리아! 다 알아요. 우리가 세상 안에 살면서 세상 사람들을 상대하기 위해서는 어쩔 수 없이 세상 사람들과 같은 언어를 써야 한다는 것을…….

하지만 두 영혼이 시끄러운 세상 같은 건 염두에 두지 않고 순수한 마음의 언어로 이야기할 때는 우리의 생각을 지키도록 합시다. 세상 역시도 이 같은 고고한 정신을 존중합니다. 자신들이 옳다는 것을 의식하며 저속한 세태의 흐름에 맞서는 용기 있는 저항을 말입니다.

세상이 말하는 체면, 자제력, 편견 따위는 담쟁이덩굴과 같은 것입니다. 초록색 담쟁이덩굴이 줄기와 뿌리를 무수히 뻗어 성벽을 장식하는 것은 보기에 아름답습니다. 하지만 그것들이 너무 무성해지도록 놓아두어서는 안 됩니다. 자칫하면 건물의 온갖 틈새로 기어들어가 시멘트를 약화시키니까요. 이와 마찬가지로 우리 마음의 구석구석마다 침투해온 세상 사람들의 고정관념이 우리 마음을 허물어뜨려서 우리를 굴복시킬 수도 있을 겁니다.

마리아, 내 것이 되어 주십시오. 당신의 심장이 외치는 소리에 따르십시오. 지금 당신의 입술에서 나오는 말에 의해 우리의 운명이 영원히 결정됩니다. 그 말에 따라 당신과 나의 삶이 달라진단 말입니다."

나는 입을 다물었다. 내가 쥐고 있는 그녀의 손이 뜨겁게 고동치는 내 심장의 노크 소리에 일일이 대답하고 있었다. 그녀의 마음속에서는 파도가 일고 폭풍이 휘몰아치고 있는 것이다. 겹겹이 쌓인 구름이 그 폭풍에 의해 쫓겨나자, 더할 수 없이 아름다운 푸른 하늘이 내 앞에 펼쳐졌다.

"당신은 왜 나를 사랑하나요?"

그녀는 결정의 순간을 마냥 미루려는 듯, 나직한 소리로 물었다.

"왜냐고요? 마리아! 어린아이에게 왜 태어났느냐고 물어보십시오. 꽃한테 왜 피어 있는지를 물어보십시오. 태양에게 왜 빛나고 있느냐고 물어보십시오. 나는 당신을 사랑하지 않을 수 없기 때문에 사랑하는 겁니다. 이 대답이 미흡하다면, 당신이 그토록 좋아하는 여기 있는 책으로 대답을 대신하겠습니다.

『가장 선한 것은 모름지기 우리가 가장 사랑하는 것이어야 하니, 이 사랑에 있어서는 유용이나 무용, 이익이나 손해, 습득이나 상실, 명예나 불명예, 칭찬이나 비난, 그밖에 모든 그런 종류의 일이 염두에 두어져서는 안 되느니라. 그보다는 가장 고귀하고 가장 선한 것은 다만 그 고귀함과 선함 때문에 가장 사랑하는 것이 되어야 할지니라. 따라서 인간은 외형으로부터나 내면으로부터 그것을 향해 살도록 자신을 다스려야 하느니라.

외형으로부터라 함은, 무릇 피조물 가운데에는 어떤 것이 다른 것보다 더 선한 것으로 존재함을 이름이니, 곧 영원한 선이 어떤 것 안에서는 다른 것 안에서보다 더 많거나 더 적게 빛을 발함을 말하는 것이니라. 따라서 영원한 선이 가장 크게 빛을 발하여 반짝이며 작용하여 알려져서 사랑을 받는 존재야말로 피조물 중에 가장 선한 것이며, 그 같은 작용이 가장 적은 존재가 어쩔 수 없이 가장 미천한 것인 셈이니라.

이렇듯 인간은 피조물을 상대하고 교제하면서 이 차이를 인정하기 때문에, 그에게는 항상 가장 선한 피조물이 가장 사랑스러운 것이며, 애를 써서 그것에 접하도록 하여 그것과 하나가 되어야 하느니라.』

마리아, 당신은 내가 알고 있는 가운데 가장 선한, 최선의 피조물입니다. 그래서 나는 당신에게 마음이 끌리고, 그래서 당신을 사랑합니다. 그래서 우리는 서로 사랑하는 겁니다. 당신 가슴속에 살아 있는 말을 그대로 하십시오. 당신은 나의 것이라고. 당신의 가장 깊은 곳에서 터져 나오는 느낌을 부정하지 마십시오.

신은 당신에게 고통스러운 삶을 주셨지요. 그러나 신은 또 나를 주셔서 그 고통을 나누게 하시려는 겁니다. 당신의 고통은 곧 나의 고통입니다. 한 척의 배가 무거운 돛들을 짊어지듯이, 우리 함께 그 고통을 짊어집시다. 그러면 고통의 돛은 인생의 폭풍을 헤치고 마침내 안전한 항구로 우리를 안내해 줄 겁니다."

그녀의 마음속은 차츰 조용해져갔다. 붉게 타는 저녁노을처럼 그녀의 뺨에 홍조가 떠올랐다. 그러더니 그녀는 눈을 크게 떴다. 태양은 더없이 아름답고 신비스런 빛을 발하기 시작했다.

"나는 당신 것이에요. 그것이 신의 뜻입니다. 이대로의 나를 받아 주세요. 살아 있는 한, 나는 당신 것입니다. 하느님께서 우리를 보다 아름다운 세상에서 다시 하나 되게 하시고, 당신의 사랑에 보답해 주시기를 빕니다."라고 그녀가 말했다.

우리는 서로를 부드럽고 깊게 안았다. 나의 입술은 지금 막 내 삶의 축복을 읊조린 그녀의 입술을 부드럽게 덮었다. 시간은 걸음을 멈추었고, 주위의 모든 세계가 사라져 버렸다. 그때 그녀의 가슴에서 깊은 한숨 섞인 탄식의 소리가 새어나왔다.

"아, 하느님. 나의 이 행복을 용서해 주십시오."

그러더니 그녀는 소곤거리듯이 나직하게 말했다.

"이제 혼자 있게 해주세요. 더 이상 견딜 수가 없어요. 또 만나요. 나의 친구, 나의 사랑, 나의 구세주여!"

이것이 내가 그녀에게서 들은 마지막 말이었다. 아니, 그렇지는 않았다. 나는 집에 돌아와서, 가슴 조이는 꿈을 꾸며 잠을 잤다. 자정이 지났을 때, 시의(侍醫)가 내 방으로 들어섰다.

"우리의 천사가 천국으로 가셨다네. 이것이 자네한테 보내는 그녀의 마지막 인사일세."

그렇게 말하면서 그는 내게 한 통의 편지를 건네주었다.

편지 속에는 아주 오래 전 어느 날 그녀가 내게 주었고, 내가 그녀에게 주었던 '주님의 뜻대로'라는 말이 새겨진 그 반지가 들어 있었다. 반지는 아주 오래된 종이에 싸여 있었는데, 거기에는 이미 오래 전에 써 놓은 그녀의 필적이 있었다. 어릴 적에 내가 그녀한테 했던 말이었다.

'당신의 것은 곧 나의 것입니다. 당신의 마리아.'

시의와 나는 한참 동안 한마디 말도 없이 같이 앉아 있었다. 그것은 우리가 짊어지기에 너무나 엄청난 고통의 짐이 닥칠 때 하늘이 보내는 일종의 정신적 기절 상태였을 것이다. 이윽고 시의는 일어서며 내 손을 잡고 말했다.

"우리가 만나는 것도 오늘로 마지막일걸세. 자네는 이곳을 떠나야 하고, 나야 살 날이 이제 얼마 남지 않았으니. 다만 자네한테 꼭 이야기해야 할 것이 한 가지 있네. 그건 내가 평생 동안 가슴속에 간직하고 아무한테도 말하지 않은 비밀이라네. 그것을 누구한테든 한 사람에게는 고백하고 싶었네. 잘 들어주게.

우리를 떠나간 그 영혼은 참으로 아름다운 영혼이었지. 더없이 순결한 정신과 깊고 진실된 마음의 소유자였지. 나는 마리아와 같은 영혼을 또 한 사람을 알았었네. 아니, 그보다 더 아름다운 영혼이었지! 그 사람은 마리아의 어머니였다네. 나는 마리아의 어머니를 사랑했고, 그녀도 나를 사랑했었지. 그런데 우리는 둘 다 몹시 가난했네. 그래서 나는 우리 둘을 위해 세상에서 말하는 어엿한 신분을 얻기 위해 무척 노력했었네.

그러고 있는 동안에 젊은 후작이 내 약혼녀를 보고 사랑에 빠졌네. 그 후작은 바로 내가 모시던 영주였다네. 그분은 내 약혼녀를 진심으로 사랑했지. 그래서 그녀를 위해서라면 어떤 희생이라도 치르고, 가엾은 고아에 지나지 않는 그녀를 후작 부인으로 맞이할 결심이었다네.

나는 그녀를 진심으로 사랑하고 있었기에, 내 행복과 그녀를 향한 내 사랑을 희생하기로 결심했네. 그래서 나는 그녀에게 '지난날의 약속은 없었던 것으로 하자.'는 한 통의 편지를 남기고 고향을 떠났다네. 그 후 나는 그녀를 끝내 못 만나다가 결국 그녀의 임종 자리에 가서야 다시 만났다네. 그녀는 첫딸인 마리아를 낳다 돌아간 걸세.

내가 왜 자네의 마리아를 그토록 사랑했고, 마리아의 삶을 하루라도 더 연장시키기 위해 그렇게 애썼는지를 이제 자네도 알았을 걸세. 그녀는 내 마음을 이 세상에 묶어 놓고 있는 유일한 존재였다네.

내가 그랬던 것처럼 자네도 삶을 짊어지게. 기약 없는 슬픔에 사로잡혀 하루라도 잃는 일이 없도록 하게.

자네가 아는 인간들을 도와주게나. 그들을 사랑하면서, 한때 이 세상에서 마리아 같은 아름다운 영혼을 만나고 사랑했던 것을 신에게 감사하게. 그녀를 잃은 것까지도 신에게 감사하게."

"주님의 뜻대로 하겠습니다."라고 나는 말했다. 우리 두 사람은 그렇게 이 세상에서 마지막 작별을 했다.

그 후 며칠이 지나고, 몇 주가 지나고, 몇 달이 지나고 그리고 몇 년이 지나갔다. 그러는 새에 고향은 타향이 되었고, 타향이 고향이 되었다. 그렇지만 그녀에 대한 나의 사랑은 아직도 남아 있다.

눈물 한 방울이 대양에 합류하듯이, 그녀에 대한 사랑은 이제 살아 있는 인류의 대양 속에 합류하여 수백만 — 어린 시절부터 내가 사랑했던 수백만의 '타인들' — 의 마음에 스며들어 그들을 포옹하고 있다.

하지만 오늘처럼 조용한 여름날이면 푸른 숲 속 자연의 품에 홀로 안겨 저 바깥에 사람들이 있는지, 아니면 이 세상에 오직 나 혼자 남아 외톨이로 살고 있는지 모를 때가 있다. 그럴 때면 추억의 무덤에서 뭔가 꿈틀거리는 기척이 나고, 죽어 버린 줄로 알았던 생각들이 되살아난다. 그리고 멈출 수 없는 사랑의 힘이 가슴속에서 되살아나, 아직도 그 신비롭고 깊은 눈으로 그윽하게 나를 바라보고 있는 저 아름다운 존재를 향해 흘러간다.

그러면 수백만의 사람에 대한 사랑이 단 한 사람에 대한 — 나의 수호천사를 향한 이 사랑 안으로 수렴되는 것만 같다. 그리고 나의 모든 상념은 이 끝도 없는 사랑의 불가사의한 수수께끼 앞에서 입을 다물고 마는 것이다.

독일인의 사랑

1판 1쇄 인쇄 | 2021년 08월 20일
1판 1쇄 발행 | 2021년 08월 25일

**지은이** | 막스 뮐러
**옮긴이** | 김시오
**펴낸이** | 윤옥임
**펴낸곳** | 한비미디어

서울시 마포구 독막로 28길 34
**대표전화** (02)713-3734, **팩스** (02)706-9151

등록 제 2003-000077호



ISBN 979-11-91879-01-8 03890
값 11,000원